七月七日の午後七時，新進作家，坂井正夫が青酸カリによる服毒死を遂げた。遺書はなかったが，世を儚んでの自殺として処理された。坂井に編集雑務を頼んでいた医学書系の出版社に勤める中田秋子は，彼の部屋で偶然行きあわせた遠賀野律子の存在が気になり，独自に調査を始める。一方，ルポライターの津久見伸助は，同人誌仲間だった坂井の死を記事にするよう雑誌社から依頼され，調べを進める内に，坂井がようやくの思いで発表にこぎつけた受賞後第一作が，さる有名作家の短編の盗作である疑惑が持ち上がり，坂井と確執のあった編集者，柳沢邦夫を追及していく。著者が絶対の自信を持って読者に仕掛ける超絶のトリック。記念すべきデビュー長編の改稿決定版！

登場人物

坂井正夫……作家
中田秋子……編集者
瀬川恒太郎……作家、秋子の父
津久見伸助……ルポライター
遠賀野律子……華道教師
大河内真佐子…律子の姉
大河内隆弘……真佐子の息子
旗波三郎……大河内造船社長秘書
柳沢邦夫……『推理世界』編集者

模倣の殺意

中町　信

創元推理文庫

THE PLAGIARIZED FUGUE

by

Sin Nakamachi

1973, 2004

目次

模倣の殺意

プロローグ

七月七日

午後七時――。

坂井正夫《さかいまさお》は、死んだ。

青酸カリによる中毒死である。

自室のドアの鍵は、内側から施錠されていた。

アパートの室内に、遺書らしいものはなにも発見されなかった。

坂井正夫の死は、アパートの一部の住人たちを驚かせはしたものの、世間の注目を集めることもなく、厭世《えんせい》自殺として処理された。

だが、その幾日かあとに……。

第一部　事件

七月七日

都内北区《きた》稲付町《いなづき》にある光明荘《こうみょうそう》アパート。

午後七時――。

三階の住人、坂井正夫という男が、自室の窓から転落して死亡するという事件が起こった。

光明荘の管理人から通報を受け、最寄りの交番巡査が現場へ急行したのは、それから十分後であった。

光明荘アパートは、マンモス団地と向かい合うようにして北側の高台に建っていた。鉄筋四階建てで、大小二十五の部屋が駐車場をコの字形に取り囲んでいた。一階は広大な駐車場になっていて、住人はマイカー族が大半だった。

遺体は、駐車場前のコンクリートの道路上にあお向けに投げ出されていた。

巡査は遺体を一目見たとき、自殺ではないかと思った。

被害者の薄く開いた口許には、唾液にまじって吐血の跡が見られた。服毒後、苦悶《くもん》のあまり思わず窓から身を乗り出し転落したものと推測したのである。

坂井正夫の部屋の窓は半開きになっていて、窓際の薄赤色のカーテンが風に揺れていた。

巡査の推測は、的中していた。

警察署の嘱託医《しよくたく》は遺体を詳細に調べていたが、青酸カリを大量に嚥下《えんか》した中毒死であることを係官に告げた。

坂井の部屋を調査するに及んで自殺説はさらに強まった。

坂井が書斎に使用していた四畳半の部屋には、大きな黒檀《こくたん》の坐り机が据えられていた。部屋の中央に折りたたみ式のテーブルがあり、その上には、栓の抜かれた一本のサイダーびんと、中味が半分ほどはいったグラスが置かれてあった。

検査の結果、グラスの中の液体から青酸カリが検出されたのである。

毒物を包んだと思われる小さな紙片は、片隅の紙くずかごの中から拾い出された。

加えて係官が注目したのは、坂井正夫の部屋がそのとき第三者の出入りを拒絶した状態にあったことである。

つまり、坂井の部屋のドアは内側から旋錠されていたのだ。

このアパートの部屋の鍵は、すべて特殊な造りの鍵が使用されていた。

管理人の話では、一年半ほど前に合鍵による盗難事件が相次いだため、すべての部屋の錠前と鍵を作り替えたということだった。その鍵の取り替えを強硬に主張したのが、ふだんはもの静かな坂井だった、と管理人は感慨深そうに語った。

鍵穴は普通の住宅などには見られない金米糖《こんぺいとう》の断面のような星形をしていた。鍵も先端が星形になった新奇なものだった。

つまり、この種の鍵だと、簡単には合鍵を作ることはできないのである。

住人たちには、その星形の鍵が二つずつ渡されてあった。

遺体検査の結果、坂井の部屋の鍵の一つは彼自身が身に付けていたことが判明した。茶色のズボンのポケットにあった黒革の小銭入れの中から、係官はその鍵をつまみ上げていた。スペアキーは、机の抽出《ひきだし》の奥にしまわれてあった。

これで、坂井の鍵を彼以外の人間が使用できたという可能性はまったく稀薄《きはく》なものになった。

それをさらに強固に証明したのは、最初の事件発見者、森下千恵子《もりしたちえこ》の証言である。

彼女はこのアパートの202号室の住人だった。その部屋は被害者のすぐ真下に位置していた。

森下千恵子はそのとき、夫の会社の同僚たちにビールや酒などを出して持てなしていた。夫に七時のテレビニュースをつけるように言われて、ダイニングキッチンから窓際のテレビに歩み寄った。

そのとき窓のそとになにか大きな物体が、一瞬、踊るような恰好で転落していくのを見たのだ。

その直後に、すぐ下の駐車場前の路上になにかぶつかり合うようなにぶい地響きを聞いた。

慌てて窓を開けた彼女の視界にはいったものは、わら人形のように地べたにあお向けになった男の姿だった。

彼女は部屋を飛び出し、管理人室のドアを叩いた。

管理人がドアを開けるのも待ち切れず、彼女は裏口から駐車場にまわった。

男の顔をのぞき込み、それが三階の坂井正夫であることを再確認したのだ。

森下千恵子の証言は、この転落死に第三者の手が働いていなかったことを証明したことになる。

坂井は部屋に鍵をかけ、毒をあおった。そして苦悶のあまり窓から逃れ出ようとでもして、誤って身をすべらせた。死を決意した人間が、その死の途中から思わず逃れ出ようとする心理は首肯《うなず》けなくはない。地上十メートルという落差も、意識外のことだったのだろう。

部屋の鍵は、ポケットの小銭入れの中から発見された。転落し、その遺体が警察の手にゆだねられるまで、誰一人それに手を触れた者はいない。

それは第一発見者の森下千恵子をはじめ、変事を知って駆けつけたアパートの住人たちが一様に認めていた。

係官は自殺説に傾いたが、問題はその動機だった。

部屋を探索した結果、遺書らしいものはなにも発見されなかった。坂井の平素の様子について、管理人などに聞いてみたが、はっきりしたものは摑《つか》めなかった。

こんな高級アパートに住みつく人間特有の疎外意識を、坂井も持ち合わせていたらしい。用心深い性格とみえ、いつもドアの戸締りには気を使い、アパート内の訪問者に対してもすぐには内鍵をはずそうとはせず、そして訪問者が部屋を出るとすぐに締めていたそうである。そんな閉鎖的な性格は、住人たちから反感を買い、アパート内では孤立した存在だったようだ。

だが調べていくうちに、坂井正夫と交際を持っていた人物が二人ほど浮かび上がってきた。

一人は同じ階段の三階に住む堀久美男《ほりくみお》という、坂井の中学時代の同窓生だったが、あいにく社用で海外へ出張中だった。

もう一人は一つおいた階段の二階の住人で、和田孝作《わだこうさく》という男だった。私大の国文科の講師だと管理人は説明を加えた。

坂井正夫が駆け出しの推理作家であったことが、和田の話からわかった。

自殺の動機について係官が話を向けると、和田は驚いたように眼を見開いた。

和田は、坂井の自殺を真っこうから否定するのだった。

「坂井君は自殺なんかする男じゃありませんよ。あの男に限って自殺なんて考えられません」

係官の興味をひいたのは、その後の和田の話だった。

それは、坂井正夫が最近創作上に行きづまりを感じ、思い悩んでいたという一事である。

「残念ながら、坂井君は肝心な才能に恵まれていませんでしたよ。ぼくもずいぶん忠告はしてたんですがね」

と和田は、忌憚《きたん》のない意見を吐いた。

それが、去年の六月に、ある雑誌の懸賞で推理小説新人賞を受賞するという幸運を手にした。しかし、それを坂井は、単なる幸運として受け止めていなかった。

そこに坂井の大きな誤算があった、と和田は言うのである。

坂井は周囲の諫言《かんげん》も聞き入れず、作家として世に立つ決心をした。

勤務先でも係長の椅子を捨てて、一介の嘱託社員に降格してもらった。

だがしかし、作家生活に踏み出した坂井正夫の第一歩は、彼自身想像もしなかったところから、まずつまずいたのである。

自信を持って筆を執った受賞後の第一作が没《ぼつ》にされたのである。

それは、部分的にクレームをつけられて突き返されたという意味あいのものではなかった。

編集長は、その原稿をなんの挨拶《あいさつ》もなしに小包便で返送して寄こしたのである。

その後も続けて、坂井の原稿は没にされた。

新人賞受賞後すでに一年もの歳月が流れていたのに、彼の受賞第一作は活字になることはなかったのである。

しかし、坂井は実に根気よく創作を続けていた。

「創作上の悩みはあった。しかし、だからと言って——」

和田は、係官の思惑をのぞき見るような眼付で言った。

「それで自殺するとは、どうにも合点がいかないんです。半月ほど前でしたか、彼の部屋を訪ねたときなど、ねじり鉢巻で原稿に取り組んでいましてね。やっと満足のいくものができそうだなんて言って、いつになく晴れやかな顔をしていましたよ。その原稿には相当の自信を持っていたようですが、もしこれも没にされるようだったら、あらためてまた新しいものに取っかかるんだ、とも言っていました。なにか、壁みたいなものを突き破った感じで、今までになく意欲的でしたね」

和田はそう言って、再び坂井正夫の自殺を否定した。

和田の説を延長させれば、密室内での殺人事件ということになる。

無論、他殺の想定は容易に成立する。

毒物はグラスの中味から検出されており、サイダーびんの中にははいっていなかった。

だとすると、グラスへの毒物注入は、サイダーの栓を抜いたあと、被害者の隙を見すまして行なわれたものであり、事前の処置とは考えられない。犯人は毒物の注入を終わって、部屋を出た。犯人が部屋の鍵に手を触れることができなかったのは、事件時の現場の情況からして明白である。

そうなると、密室を構築したのは被害者自身——つまり、自分の手で玄関のドアの鍵をかけた、という結論に達するのだ。

係官はやがて、自分なりにこの事件の大筋を整理してみた。

やはり、自殺説を捨て切れないでいた。

自殺の動機にも充分なものがある。創作に対する煩悶《はんもん》である。

坂井正夫は自己の才能に絶望し、夢やぶれた身を自らの手で葬り去ったのだろう。

係官のこの見解は、すぐあとになって、思いもかけぬ形で、ある意味では証明されることになったのだが……。

第二部　追及

第一章　中田秋子

七月十日

枕許の時計を見ると、もう九時過ぎだった。

夏の陽《ひ》が、寝室のカーテンに熱っぽく照り映えている。

中田《なかだ》秋子《あきこ》は思わず顔をしかめ、まだ覚め切っていない薄く充血した眼を何度もこすった。

出版社の編集部員である秋子は、仕事の都合でいつも夜が遅い。

秋子は、単行本の企画取材と製作の両部門を担当していた。

自分で企画取材した原稿に組み指定をして、印刷所に渡す。組まれてきた校正刷《ゲラ》の校正、著者との校正往来、常識校正、そして校了にしたゲラに刷り指定をして印刷所に渡す。この製作の全過程を、秋子一人の手で行なっていたのだ。

残業は連日だった。昼間、取材や原稿依頼などで外を駆けずり回っているため、どうしても机上の仕事が勤務時間の外にはみ出してしまうのだ。

だから残業の内容は、原稿指定や校正などが多かった。

だが、こういう内容の仕事ならば、自分の都合に合わせて時間の融通性は持てる。適当なところで切りあげて帰ろうと思えば、それもできなくはない。

だが、著者との打ち合わせともなると、そうはいかない。相手次第では、深夜まで付き合わされることも少なくはなかった。

秋子はネグリジェを脱ぎ捨て、下着を新しくして、出勤用の半袖《はんそで》のニットのワンピースに着替えた。

食卓に向かおうとしたとき、傍の卓上電話が鳴った。

例によって課長の倉持《くらもち》の呼び出しかなと思った秋子は、わざと不機嫌な受け答えをした。

「秋ちゃん？　わたしよ」

「なあんだ、克枝《かつえ》さん――」

青森に移り住んだ継母の克枝からだった。

秋子より六つ年上の克枝に、秋子は継母というより姉のような親しみを以前から持っていた。

「起き抜けらしいわね。さっそくだけど、この間のこと、大丈夫かしら？　青森へこられそう？」

「ああ、父の法事の件ね。ええ、もちろん行くわよ。大好きだった父ですもの」

「秋ちゃんにきてもらえれば大助かりよ。お義母《かあ》さんは、あまり当てにできないしね」

「でもね、法事なんて、そんな大げさにやる必要ないわよ。亡くなった父だって、葬式無用論者だったじゃないの」

「主人はそうでも世間がね。名の通った小説家だっただけに、付き合いも広かったし。青森にきても、わたしやお義母さんまで名士扱いなのよ。気骨が折れてしようがないわ」

「仕方ないわよ。瀬川恒太郎《せがわこうたろう》といえば、一世を風靡《ふうび》した大作家ですもの」

「ところでね、秋ちゃん。この間の話どう？　考えてくれた？」

「おむこさんの話ね。まだ写真もろくに拝んでないわ」

「また、そんな――」

克枝の電話の目的は、やはり見合写真の一件だったようだ。

亡夫の法事云々《うんぬん》の話は、さほどさし迫ったものではなかったのである。

「結婚なんて、まだ考えたくないのよ」

「どうして？　もう二十八にもなるのに」

「克枝さんみたいに、二度も後家さん暮らしをしたくないから」

「秋ちゃんたら――」

いつもと同じようなやり取りが続き、秋子は適当なところで電話を切った。

食卓に向かったが、食欲はない。昨夜の疲れが、重く体におおいかぶさっていた。

秋子はふと、疲れた頭のどこかで、坂井正夫のことをぼんやり考えている自分に気づいた。

坂井正夫が頭の片隅にしのび寄ってきたのには、先刻の克枝の電話が影響していたといえば、いえるかもしれなかった。

トーストを半分ほどかじり、手早く化粧を済ませると、秋子は部屋を出た。

団地を通り抜け川口《かわぐち》駅が見える商店街の通りにさしかかると、秋子はようやく本来の生気を取りもどすのだ。

今日一日の仕事の計画をあれこれと考える。どんなにへばっていても仕事のことに気持が傾き出すと、秋子はもう他のことは忘れた。

南林《なんりん》書房は飯田橋《いいだばし》にあった。六階建てのクリーム色の建物は外堀を見おろし、大通りに面していた。

四階の自分のデスクに坐ると、秋子はまず煙草をくわえた。

周囲には空席が目立った。午後になると、この部屋は活気づき、喧噪《けんそう》にあふれる。電話が間断なく鳴り、人の出入りも絶えることはない。

だが、この時間は死んだように静かなものが周囲を包んでいた。時おり聞こえる話し声にしても、はばかるように小声である。

薄赤色のマニキュアをした細い指で、秋子は煙草を灰皿にもみ消した。

そうしながら、長く襟許までのばした髪を左手で背後にかき上げる。

リズム感のあるその仕草は、さあやるか、という儀式のようなものだった。

そのどこか板についた挙措《きょそ》は、いかにもやり手の女編集者の片鱗《へんりん》を見せてもいた。

「ゆうべはごくろうさま。で、どうだった？」

秋子が煙草をもみ消すのを待つようにして、横の机から課長の倉持が顔を上げた。

秋子のリズムを充分に知らされている倉持は、話しかける間合いについても心得ていた。

倉持は、昨夜の石川達郎《いしかわたつろう》との打ち合わせのことを聞いているのだ。

どうだった、という意味はその会合の内容についてではない。著者の石川達郎のご機嫌はうるわしかったか、と倉持は訊《たず》ねているのである。

秋子は、ゲラから顔を上げずに答えた。

「いつものとおりよ。食事をするのに一時間以上もかかって。校正をした時間なんて、ほんのちょっぴり。無駄話ばっかりして。ゲラを校正するのに、なにも会社の会議室を使う必要なんてないのよ。会社だって飲ましたり食わしたり、まったく無駄な出費だと思うわ。それはともかく、私がやり切れないわよ、神経質で我がままときてるんだから」

石川達郎はB大学内科の助教授で、新進気鋭の学者として将来を嘱望《しょくぼう》されていた。

彼の著書は短期間のうちに版を重ねた。一部の研究者に加えて、開業医や学生にも広く買われるという点が、この著者の強みであった。

「まあ、我慢してくれよ。ところでさっき、その石川先生から君あてに電話があったよ。とにかく熱心な人だね。ぼくが九時に出社するやすぐに電話があってね」

「なんの用だったの？」

秋子はさらに不快な気持になった。

昨夜の残業の振り替えで、出社時間を遅らせてもよい規約は、石川とて知っているはずである。

それでいて、始業直後に秋子あてに電話をかけてくる彼の変な意地の悪さを、秋子は腹だたしく思った。

「清書の終わった原稿を、明日までに大学病院のほうへ届けてほしいとおっしゃるんだ。学会で週末から忙しくなるんで、それまでに原稿にいま一度眼を通しておきたいらしいんだ」

「困るわよ、急にそんなこと言われたって……」

その原稿はロッカーにしまい込んだままで、まだなにも手を付けていなかった。

そのことを倉持に言った。

「そりゃ困ったな。早急になんとかしないことには……」

「アルバイトに出すにしても、今からじゃ……」

「いや、何人バイトを使ってもかまわんよ。とにかく、なんとか期限までにはやらせることだね」

倉持の口調が、激しいものに変わっていた。

小心者の倉持は、小さな衝撃でもすぐにその細長い顔を険《けわ》しくする。貧血症だというのに、そんなときには顔全体に赤味がさすのだった。

石川達郎は悪筆で有名だった。

書きなぐりの薄い鉛筆の文字は汚らしいうえに、読みにくい。書きなおしをしなければ、文選工が活字を拾えないのである。

その原稿リライトを、秋子はいつも坂井正夫に頼んでいた。四百字詰め原稿用紙一枚が五十円のリライトを、坂井は心よく引き受けていたのである。

とにかく連絡を取ろう、と秋子は思った。

住所録を繰って、坂井正夫のアパートの電話番号を捜し出し、ダイヤルを回した。

短い呼び出し音のあと、先方の声が受話器に聞こえた。

相手は坂井ではなく、顔見知りの女の管理人だった。

坂井の存否《そんぴ》を訊ねると、管理人の声が一瞬途切れた。

「坂井さんですか?」

「そうです、坂井正夫さんですが」

「亡くなられたんですよ、三日ほど前に」

「え……」

思わず受話器を持ち替えた。

管理人の言葉は、はっきりと聞き取れた。だが、その意味をすぐには理解できなかった。

「自殺なさったんですよ。このお部屋で……」

「――」

坂井正夫が自殺した。

秋子には信じられなかった。

管理人の簡潔な言葉は、ひんやりとした感じで秋子の胸に落ち込んでいった。

坂井正夫が三日前に死んだことは、動かしがたい事実に違いなかった。

「課長、ちょっと出かけてくるわ」

受話器を置き、秋子は足早にドアに向かった。

その背中で、倉持のうろたえた声が聞こえていた。

「石川先生の件は頼んだよ。言われたことをきちんとしておかないと、とてもうるさい人だからね。なにかあると、ぼくが小言を食うんだから……」

中田秋子は、定刻の五時に退社した。

未処理の仕事は机上に山積みになっていたが、仕事への意欲はすっかり減退していた。

秋子は家路を急いだ。

一人になって、坂井正夫のことを考えてみたかったのだ。

坂井正夫はアパートの自室で、青酸カリを飲んで死んだのである。部屋のドアには、内側から鍵がかけられていた。

遺書らしいものはなかったが、現場の情況から、警察は自殺と断定したという。

秋子が坂井正夫にはじめて会ったのは、一年前の冬であった。

場所は当時三鷹《みたか》市にあった秋子の実家で、父の瀬川恒太郎から坂井を紹介されたのだ。民間会社に勤めていて、仕事のかたわら小説の勉強をしている、と父は病の床からかぼそい声で秋子に言った。

父はそのとき、枯木のように痩《や》せおとろえ、青ざめきった両頰には死相が現われ始めていた。

秋子は坂井との最初の対面のときから、その人柄や容貌に好感を持った。

細面のあまり特徴のない顔だったが、受ける印象は柔和で、清潔な感じがした。大きな体軀《たいく》にも似ず、話すとき恥じ入るように伏目がちになった。小声で、なにかに追われるように早口だった。

坂井に二度目に会ったのは、父が病死して二週間ほどたったときだった。

坂井が父の許に持ち込んだと思われる二、三編の原稿を返却するために、秋子は彼のアパートを訪ねたのである。

父瀬川恒太郎は流行児《うれっこ》時代に無名の文学青年たちからよく原稿を持ち込まれていたらし

く、継母の克枝が父の遺品を整理していたさい、書斎の押入れや机の抽出の奥から紐《ひも》でゆわえられた原稿の束が三つ四つ出てきたのだった。持ち込み主に返送しようにも宛先のわからない原稿が大半だったので、克枝はそれらを後日処分しようとして書斎の片隅にほうり出しておいたのである。

秋子はその中から偶然坂井正夫の原稿と大学ノートを見つけ、坂井に返却しようと思ったのだ。

坂井になんとなくもう一度会いたいという気持が働いていたことも事実だった。

二度目に会ったとき、坂井が気弱な、内向的な男であることがわかった。

無口で自分の殻に閉じこもりがちな面もあったが、陰気なかげりはなかった。さっぱりと乾いていて、粘着性のないところが逆に心許《こころもと》ない気がした。

気の弱い反面、坂井はどこか人を食った飄《ひょう》々《ひょう》とした一面も持っていることが、付き合っているうちにわかった。

真面目な顔をして、とんでもない冗談を言った。秋子はよくそんな話術に翻弄《ほんろう》され、不可解な思いで坂井の取り澄ました顔を見つめたものだった。

そんな坂井に、秋子は自分でもよく理解できないままに、しだいに強く魅《ひ》かれていったのである。

――秋子があのことをふと思い出したのは、川口で電車を降り商店街通りに足を運んでいるときだった。

小包便のことだ。

それは二、三日前に坂井から郵送されてきたものだった。

中から出てきたのは、坂井の書いた六十枚ほどの原稿だった。

最初の原稿用紙の中央に、「中田秋子女史に捧《ささ》げる――」とかいう文字が大書されていたはずである。

秋子はこれまでに一度だけ、坂井の作品を流し読みに読んだことがあった。

父の許に持ち込んだ原稿や大学ノートを坂井に返しに行く電車の中で、退屈しのぎに原稿を繰っていたのだった。

秋子は元来、蛙《かえる》の子は蛙のたとえに反して、あまり文学には興味を持っていなかった。

そのせいか、坂井の作品を読んでも、難解だと思った以外、とりたてての感想はなかった。

その作品はいわば大衆文学のジャンルに属するものだったが、推理小説的なサスペンスも盛られてあった。

郵送されてきた原稿も、流し読みにした限りでは推理小説のようだった。

ごく大ざっぱに眼を通しただけで、秋子はその原稿を机の抽出にしまい込み、そのことを今まで思い出すこともなかったのである。

七月何日何時の死——とかいう長ったらしい題名も、なんとなく泥くさいと思った。

秋子はそこまで考えて、思わずはっとして、歩みを止めた。

その題名を、今はっきりと思い出したからである。

『七月七日午後七時の死』というのが、その原稿の題名だったはずである。

七月七日午後七時——。

それとまったく同日同時刻に、坂井正夫は死んだのである。

秋子は団地に着くと、駆け込むように奥の部屋にはいり、机の抽出を開けた。

坂井の原稿を封筒から引き抜き、最初の原稿をめくった。

間違いはなかった。

その冒頭には太めのペン文字の律義な楷書体《かいしょたい》で、『七月七日午後七時の死』と大書されてあった。

遺書かもしれない、という思いが頭をかすめた。

一枚目に記された「中田秋子女史に捧げる　あなたの友情に感謝して——」という、やや気障なことわり書きにも、なんらかの意味がこめられているような気がした。

秋子は、その原稿の一字一句を入念に読んでいった。

夏の山小屋での殺人事件を扱った、かなりしっかりした推理小説だった。

謎やトリックの良否は、推理小説にはまったく無縁の秋子には評価できなかったが、構成と人物描写には見るべきものがあった。

遺書と判断できそうなものは、この六十枚の原稿からはなにも読み取れなかった。

秋子は、この小説をどう受け止めていいのか迷った。

小包の中には、坂井の手紙らしいものはなにも同封されていなかった。

坂井はいったいなんの目的で、こんな原稿を送ってきたのだろうか。

「今ね、すばらしい小説を書いているんだ。君が、あっと驚くことは請け合いだよ」

そんな坂井の言葉を、ふと思い出した。

それは坂井が死ぬ半月ほど前のことだったろうか。

仕事のことでアパートへ電話したとき、坂井はそんなことを例の早口で言って、低く笑ったことがあった。

あっと驚く小説というのが、この六十枚の原稿のことなのだろうか。

秋子は、再び最初のページに眼を落とした。

『七月七日午後七時の死』

一字画もおろそかにしない、堅苦しいまでの楷書文字。

まぎれもなく坂井正夫の筆跡である。

坂井は死を覚悟して、この原稿を書き綴ったのであろうか。

第二章　津久見伸助

七月十一日

陽の当たる応接室の椅子に坐って、津久見伸助《つくみしんすけ》はもう三十分も待たされていた。

右隣の部屋がタイプ室になっている。気忙《きぜわ》しいタイプの音が、時おり思い出したように聞こえていた。

津久見は、苛立《いらだ》った動作で何本目かの煙草をもみ消した。それと前後してタイプの音が消え、急にあたりが静かになった。

黙って坐っていると、ふと睡魔に引きずり込まれそうになる。

取材先の広島県下から夜行列車にゆられて帰京し、その足でここへ駆けつけたのである。

ノックの音がして、『週刊東西』の編集員唐草太一《からくさたいち》がようやく姿を見せた。

中年の小柄な男である。てかてかに油をぬりたくった頭から、甘い香水のかおりが漂っていた。

「やあやあ、お待たせ。で、原稿《もの》はあがったの？」

唐草は、津久見と向かい合って坐った。

こぢんまりとした顔に、縁なしの眼鏡が光っていた。

唐草とは四年余の付き合いである。

相手のぞんざいな言動は、決して交際の親密度からくるものではない。一介の雑文書きなど歯牙《しが》にもかけまいとする、唐草のデモンストレーションでしかなかったのだ。

「持ってきました。締切《しめ》を二日縮められたんで苦労しましたよ。旅先で書いたんで、書きなぐりのところもありますがね」

津久見は、四十枚の原稿を唐草のほうへ突き出した。

唐草は黙って原稿を受け取ると、眼鏡の縁に軽く手を置いた。

乱暴に音をたてて原稿をめくっていく唐草の太い指先を、津久見はぼんやりと見つめていた。

毎月一、二回のローテーションで、津久見は『週刊東西』に〝殺人レポート〟なるものを執筆していた。津久見の他に三人のライターがいた。

最近起こった殺人事件をテーマにして、それをレポート風に四十枚の原稿にまとめるのが津久見たちの仕事だった。

事件そのものの選択は編集部が決める。編集部の選んだ事件を、編集部の意向にそって脚色し、短い物語を創作するのである。その意向とは読者が楽しめる肩のこらない読物、である。

結末はたいてい、男女間の痴情のもつれ、というところに落ち着くのだが、津久見はそれでも小まめに足を使って書いた。『週刊東西』編集記者という肩書き入りの名刺とカメラを持って、地方のひなびた警察署を訪ね歩いていた。

稿料は一回が六万円。それに取材手当などを含めると七、八万円にはなる。

他にも二、三の雑誌に不定期にミステリーまがいの雑文を書いていたが、このほうの収入はしれていた。

「まあ、いいでしょうね」

唐草は一読すると、大儀そうに言って原稿を閉じた。

「例によって津久見流の人生訓がちらつくところもあるが、まあこんなもんでしょうな」

眼の前で、ライターが鳴った。

「次回は黒木《くろき》さんだが、編集部としては、むしろあなたにやってもらおうと思うんだが」

「かまいませんが、どんな事件なんです?」

唐草は、わざとゆっくりした口調で言った。

「実は、例の坂井正夫の事件なんだがね」

口に運びかけた冷めたお茶を、津久見は宙に止めた。

「あの事件を? しかし、あれは自殺じゃありませんか」

「だから、あくまで自殺という結末は変更しないでいいんだ。その動機をうまく書いてくれさえすればいい。幸い坂井正夫とは、あなたも交友があったことだし――」

「しかし、唐草さん」

津久見は、相手の言葉をさえぎった。

「あの事件はどうこねくり回したところで、大しておもしろい読物になるとは思いませんがね。自殺の動機にしてみたところで――」

女がからまっているわけじゃないし、と言いかけた言葉を津久見は呑み込んだ。

「書きようによっちゃ、新しいおもしろさが出せると思うよ。主人公は自分の才能に絶望して自らを抹殺したにしても、そんな絶望感をそのまま女に向けていたという設定にすれば、けっこう説得性もあると思うがね」

「じゃ、自殺の直接の動機は女という設定でいいわけですね？」

唐草はあいまいな表情を作っていた。

それならそれで、いくらでも脚色の仕方はある。

津久見は結局、連続登板による金銭上の魅力には勝てなかった。

必要なことを手帳に書き込んで、津久見は席を立った。

津久見は『週刊東西』の玄関を出た所でタクシーをつかまえ、新宿《しんじゅく》に出た。

デパートにはいり六階の宝飾サロンでカンラン石の指環《ゆびわ》を買った。婚約者への贈物である。それは以前から眼をつけていたもので、彼女もお気に入りの品だった。

津久見はふと、その指環をはめた彼女の細い指を想像した。

だが、そんな感傷は水に流されるようにすぐに眼の前から消えた。

ハードスケジュールの旅の疲れも手伝っていた。津久見は暗くふさぎ込んでいく自分の気持を、先刻からどうにも制御できないでいたのである。

編集部の唐草太一と会ったあとは、いつもそうだった。言いようのない暗澹《あんたん》とした気持に落ち込むのである。

それは唐草太一という人間自体に対する不快感であり、彼にいつも軽蔑《けいべつ》されていると感じる屈辱感であった。

しかし、それが詭弁《きべん》であることは津久見もよく知っていた。

真の理由は、唐草太一によって思い知らされる自分の境遇にあったのである。

いつまでも雑文屋のままではいられない。意に反して渋滞している自分を、もう一度なんとか立ちなおらせたいのだ。

津久見が新進の推理作家として、世間の一部である程度認められていたのは四、五年ほど前のことである。

津久見は人並み以上に努力をし、摑んだ地位に必死にしがみついていた。

当時はミステリーブームの引潮時で、その最盛期の波に乗れなかった津久見が不運といえば不運だった。

ブームが去ったあとでも残るべき人は残った。

だが津久見伸助は十把ひとからげにその座から転げ落ち、やがてはその名すら忘れ去られようとしていた。

一度でも新進作家の名を冠せられたのだ。

チャンスだ、と津久見は思った。

チャンスを待ち、それを確実にものにするのだ。

そう考えつつ、しかし津久見はあれから五年間を無為に過ごしてきたのである。

——津久見はデパートを出ると、大通りをゆっくりと歩いて駅へ向かった。彼の家は西武新宿線の下井草《しもいぐさ》にある。

風呂にはいり、母が作ってくれたスープをすすって、津久見は二階の自分の部屋にはいった。

ベッドの上にあお向けに倒れると、今までの疲労が重苦しく手足に拡がっていく。

津久見は疲れた頭のどこかで、坂井正夫のことをぼんやりと思い浮かべていた。

津久見が坂井正夫と知り合ったのは、去年の七月のことである。場所は新宿駅の近くにある「ルルー」という喫茶店であった。坂井は『推理円卓』の新入会員として、そこで仲間たちに紹介されたのだ。『推理円卓』というのは、四年前に推理小説愛好家たちによって結成された同人雑誌のグループだった。

同人は坂井正夫を含めて六人いた。第四金曜日に月一回の会合を持ち、意見を交わしたり、原稿の回し読みをしたりしていた。

年二回、同人誌『推理円卓』を発行することになっていたが、実際にはまだ一冊しか発行していなかった。それは別に、同人たちが不勉強だったためではない。同人のほとんどが、ある程度世間に認められていた。自分の作品が幾度か活字になり、批評の対象にまでなると、彼等の意欲が同人誌作りから遠のくのは当然である。

坂井正夫は当時二十九歳で、津久見より二つ年下であった。グループの中では最年少で、唯一人の受賞作家だった。

坂井はどちらかというと口数の少ない男だった。弁舌さわやかな同人の中にまじると、どこかその存在は薄れかけて見える。

しかし、意志の強い、ねばっこいものを絶えずその眼に秘め持っていることを津久見は感じ取っていた。

坂井は最初のころは、月一回の例会にきちんと出席していた。いつも熱気をはらんだ顔をして、端っこの席に坐っていた。

それが半年もたったころから、急に姿を見せなくなったのである。

津久見はそのころ、坂井が第二作目を書けないで苦しんでいることを人づてに聞いた。

津久見はその後も、坂井と電話で話したり、時には二人だけで会ったりしていた。

そんなとき坂井は、創作中のプロットやトリックを、津久見に熱心に話して聞かせた。意外に元気そうに見えた。

しかし自分のみじめな気持をさとられまいと努力していたらしいことは、津久見にもわかった。

坂井が死ぬ一週間くらい前のことだった。

津久見は例会の件で坂井に電話で連絡を取ったことがあった。出席しないことはわかっていたが、正式に脱会したわけでもなかったので、例会の日時と場所の連絡だけはしていた。

坂井は例会の誘いに、例によって気のない返事を返していた。都合で、あるいは欠席するかもしれない、といつもと同じようなことを言っていた。

津久見が創作のことに話を変えると、坂井はそれを待っていたように急に活気づいた口調になった。

満足のいく作品を脱稿した、というのである。

「今度のは絶対自信があるんです。混迷の時期が長かったですが、それも今にして思えば、いい薬になりましたよ。誰でも一度はぶつかる壁みたいなもんだったんですね。しかし、もうそのトンネルからは完全に抜け出しましたよ。近いうち編集部へ持っていくつもりなんです。大丈夫ですよ、今度のやつは。つい先日、群馬県の四万《しま》温泉で書き上げたものなんですがね。環境を変えて書くのも、いいもんですね」

坂井は、熱っぽい口調でそんなことを言ったのだ。

坂井の声を聞いたのは、それが最後だった。

津久見は広島県に取材に旅立つ日の夕刻、友人からの電話で坂井の死を知った。

東京駅で幾つか夕刊を買い求め、その一つに坂井の死を報じた小さな記事を見た。

文学青年自殺、そんな見出しが付いていた。原因は神経衰弱による厭世自殺としてあった。

自信があったと壮語したあの原稿もやはり没にされたのか、と津久見は思ったのだった。

第三章　中田秋子

七月十七日

中田秋子は、団地から直接印刷所へ向かった。

Ａ５判四百ページの単行本が、今日から印刷にかかることになっていた。

印刷所で差し替えた最終ゲラを出張校正室で赤字照合し、印刷係に校了として返すのである。

最終ゲラを編集部に届けるのではそのゲラの往復やその他で時間的な空費《ロス》を生じる。印刷所としても、いたずらに機械を遊ばせておくわけにはいかない。最終ゲラは少しでも早く校了にしてもらい、機械の回転を止めずにスムーズに刷了したいのである。

だから出張校正室づめは、編集部員の不可欠な仕事と言えた。

秋子は手狭《てぜま》な校正室に坐り、ゲラが上がってくるのを待っていた。

ゲラは間断なく差し替え係から上がってくるわけではない。赤字が多くて差し替えのめんどうなページにかかっているときなど、何時間でもそこに待っていなくてはならない。

秋子は、坂井正夫のことを考えていた。

秋子と坂井の交際はそれほど親密度の濃いものとは言えなかった。だから、彼の日常生活についても、ただ大まかにしか知ってはいなかった。

だが、そんな大まかな過去の断片の中で、坂井が急になにか考え込むように黙り、どこかやつれて見えた一時期があった。

たしかにあのときの坂井は、秋子の眼から見たかぎりでは平素の坂井ではなかったと思う。

そこまで考えてきて、秋子は思わず頬が赤らむのを感じた。

坂井のことを回想する過程において、あの一事を除外することはできないのだ。

秋子は、坂井に体を許したことがあったのだ。

それは、今年の春先のことだった。

会社の帰りに秋子は肉や野菜を買って坂井のアパートを訪ねた。

坂井は秋子の手料理にはあまり手をつけず、一人で酒を飲んでいた。

食事のあとであんなことになろうとは、夢にも思わなかった。

坂井に背後からいきなり羽交い締めにされてからの記憶は、断片的にしか残っていない。

相手の行為に逆らいながら、秋子は声ひとつ立てなかった。

許してもいい、という気持がどこかにあったからだ。羞恥《しゅうち》だけが働き、秋子は必要以上に抵抗を続けていた。

体が離れたあとでも、そのことを後悔したりする気は起こらなかった。坂井との間がいずれは肉体の触れ合いにまで進展するであろうことは、秋子も想像していた。それが想像していたよりも早く訪れ、あっけない触れ合いであったのが少し意外でもあった。

坂井は後日、正式に秋子にプロポーズした。

そして、その夜、秋子は再び坂井の裸の腕に抱かれたのだ。前回とはうって変わり、坂井の行為は巧みで、秋子がたじろぐほどに執拗《しつよう》だった。

秋子はそんな回想でほてった顔を、小雨に煙る窓外に転じた。

秋子は続いてあることを思い出し、思わず居ずまいを正した。

坂井がふさぎがちになった原因とでも言えそうな出来事を、思い出したのである。

五月上旬の日曜日に坂井を訪ねたとき、部屋に先客があった。客はちょうど帰りかけるところで、開いたドアをはさんで秋子と相手は顔を見合わせる恰好になった。

三十歳前後の垢《あか》抜けした美しい女性で、薄青色の縦縞《たてじま》模様の和服がしっくりと似合っていた。

秋子が挨拶《あいさつ》すると、女は白い冷やかな感じの横顔を見せて軽く眼顔で答えた。

坂井はなぜか険しい顔をして、玄関口につっ立っていた。

「きれいな方ね」

部屋にはいり、秋子は坂井の背中に声をかけた。水商売関係の女かと思った。

「学生時代にお世話になった人の妹さんだよ。富山県の魚津《うおづ》市の人だ」

そして、遠賀野律子《とがのりつこ》という名前を、坂井は小声で付け加えた。

そのとき秋子は、坂井が机の上の一枚の紙片を手に取るのを眼に留めた。

一度手に納まりかけたその小さな紙片は、風に舞うように坂井の手許をすり抜け、畳の上に落ちた。

秋子はなにげなしにそれを眼で追い、小切手であることを知った。瞬間のことだが、5という数字のあとに零《ゼロ》が五つ横に印されているのを見て、秋子はびっくりした。

坂井は少し慌ててそれをズボンのポケットにねじ込むと、秋子の視線をさけるようにして部屋の窓を開けた。

大金ね、と咽喉《のど》までできた言葉を、秋子は唾液《だえき》と一緒に呑み込んでいた。

その小切手を手渡したのは、その場の情況から推測して遠賀野律子であることは秋子にもわかった。

五十万円もの小切手を、坂井はなにを代償にあの女から受け取ったのであろうか。

坂井がなぜか急にふさぎ込むようになったのは、あのときからだったように思えてきた。

遠賀野――という名を坂井の部屋で次に耳にしたのは、それから少したってからであった。

二人で話しているとき、玄関わきの電話が鳴った。受話器を取り上げた坂井が、ああ、遠賀野さん——と小声で言って、周囲をはばかるように身をこごめた。

坂井のそんな言動から、秋子はその場にいることに気がさして、次の間のベッドに腰をおろしていた。

障子から坂井の短い受け答えの声が洩《も》れ聞こえていた。秋子の存在を意識していることは、その押し殺したような声からも察しはついた。

電話を終えた坂井の顔には、疲れたようなかげりが浮かんで見えた。

秋子の視線に気づくと、坂井はその顔を崩して妙な笑いを作った。

「近いうち、ちょっと富山まで出かけることになるかもしれないな」

そのとき坂井は誰にともなく、つぶやくように言った。

遠賀野律子という女が、坂井の生活の中でかなりの比重を占めていたことは、もはや秋子には疑いようがなかった。

それが坂井の死とどうつながるのかわからない。

しかし、遠賀野律子の出現によって、坂井がある変貌をとげていった事実は、見すごしにはできなかった。

見すごしにできない事実は、まだもう一つあった。それにも、遠賀野律子が影を落としていたように思えるのだった。

リライトした原稿を持って、坂井が会社を訪ねてきた日のことである。六月の上旬のことだった。

「今、三百万円という金があったら、君はなにに使いたい？」

ロビーの椅子に坐って話しているとき、坂井は唐突にそんなことを言った。

「三百万円？　どこからか、そんな大金が転がり込むあてでもあるの？」

秋子は別段、その話に興味を示したわけではなかった。

「まあ、ね。うまくすれば、六月下旬ごろには手にはいることになっているんだ」

「本当？」

「ぼくは一度、エジプトに旅行したいと思っているんだ。ハネムーンは、エジプトにしようよ」

坂井は、例のいたずらっぽい笑いを眼の端に刻んでいた。

六月下旬に大金が手にはいるという話を、秋子はそのとき聞き流していた。例によって、愚にもつかぬ冗談だぐらいに思っていたのだ。

しかし、前回の五十万円の件とも考え合わせると、まんざら口から出まかせの虚言とも思えない気がしてくるのだ。

坂井があのとき、誰かから大金を受け取る約束をしていたのは事実のような気がしてきた。

だとしたら、相手は遠賀野律子ではなかったろうか。

坂井にそんな大金を支払うには、やはりそれなりの理由がなくてはならない。

坂井はなにか相手の秘密を握っていたのではないか、そんな想像が秋子を捉《とら》えた。

恐喝――。

思わず、そんな言葉が口をついた。

しかし、秋子の知る坂井のイメージに、その言葉はどこかそぐわなかった。

秋子の回想はそこで中断された。差し替え工が、ゲラをかかえて校正室にはいってきたからだ。

仕事に対するきらきらとした眼にもどった秋子は、机上のゲラを気忙しくめくりはじめた。

秋子が会社の編集部にもどったのは、退社時間に間近いころだった。

「中田さん、ちょっと前に、あなたあてに電話があったわ」

前のデスクから、同僚の青木《あおき》三矢子《みやこ》が書類越しに声をかけた。

「そう、誰から?」

秋子は製作進行表に見入りながら、相手の返事を待った。

「男性からよ。若くて、落ち着いた感じの」

青木の口調には、揶揄《やゆ》がこめられていた。

秋子は取り合わなかった。

「誰なの？」

「名前は言わなかったわ」

「そう――それでなんだって？」

秋子は気がなさそうに訊ねた。

「別に用件は言わなかったけど、ちょっと声を聞きたかったんで、とか言って笑っていたわよ」

「そう……誰かしら」

「おおかた、あなたに岡惚れの著者の誰かさんじゃないの。あなたって、著者にもてるから」

「そうかしら」

しかし、その一件は、すぐに秋子の頭から忘れ去られた。

第四章　津久見伸助

七月十八日

津久見伸助は約束の時刻に、喫茶店「赤門」のドアを押して中にはいった。

「赤門」は本郷《ほんごう》三丁目の大通りに面していて、首都文芸社の近くにあった。

かなり奥まった席に、首都文芸社の編集部員、佐々木《さ さ き》三郎《さぶろう》が坐っていた。

佐々木は書籍課に配属されていて、主として現代風俗物の単行本を製作していた。

津久見とは大学時代、山岳クラブの同期生で、日ごろから親しい交際を続けていた。

「やあ」

佐々木は半袖シャツから突き出た太い腕を振って、津久見に合図した。

「呼び出したりして悪かったね。相変わらず忙しいんだろうね」

「まあね」

佐々木はハイライトを津久見にすすめた。

「自由に振舞える君がうらやましいよ。それに例の殺人レポートも好評のようじゃないか。

だいぶ荒稼ぎしてるって噂もあるぜ」

「食うのがやっとさ」

「四畳半ムードにもみがきがかかってきたね。元手《もとで》をかけただけのことはある」

「ばか言え」

佐々木は厚い胸をそらせて、豪快に笑った。

彼のような大まかな神経の持ち主に、よくも編集などという仕事がつとまるものだ、と津久見は常より思っていた。

八十キロになんなんとする巨軀を小さな机の上に折り曲げて校正をしている佐々木の姿を思うと、こっけいであった。

津久見は雑談のあと、本題にはいった。

「ところで君は、坂井正夫という男を知っているだろう?」

「知ってる。ついこの間、自殺した男だね」

「実はその男のことで、君に聞きたいことがあってね」

「ぼくは書籍担当だから、あまり詳しくは知らないがね」

「でも君は、今年の二月まで雑誌をやっていたんだから、坂井君とも付き合いがあったと思うんだが」

「そりゃ付き合ったことはあるがね。なるほど、そうか、殺人レポートかなんかのネタ捜しだね」

佐々木は煙草の吸い口をテーブルに打ちつけながら、肥った顔を津久見に向けた。

「二、三度だが、会社で会ったことがある。しかし、正直言ってあまり好感の持てる相手じゃなかったね。どこかねちねちしていて、それに変に腰の低いところなんかあって……」

佐々木の口調は、例によって乱暴だった。

「坂井君は、第二作目が書けなくって苦労していたらしいね」

「ああ。その点は他人眼《はため》にも気の毒なくらいだった。まあ、そのへんが賞を獲《と》った新人のつらいところなんだよ。誰でも一度は秀作を書ける、だがその次の作品からが本当の才能なんだな。ま、よく言われることだがね」

「坂井君はあきらめずに、毎月のように書いたものを持っていったらしいが、全部が全部ともそんなに不出来だったのかい？」

「うん……ぼくも没にされたのを何編か読んだことがあるがね、やはりあんまり感心しなかったね。中には、まあ我慢できるのもあったがね。ぼくがいいと思ったって……」

決裁者は編集長だからね、と佐々木は言い足した。

「しかし、君のとこの編集長も厳しすぎるんじゃないのかい。ことに新人に対しては苛酷《かこく》なまでの要求をするって話じゃないか。新人を育成しようという意欲が、今度の場合は完全に裏目に出たってわけだね」

津久見は佐々木の気持を代弁するように、そう言った。

佐々木が当時から編集長とそりが合わずにいたことを、津久見は知っていた。

「君の言うとおりだね」

佐々木は、心持ち頬を染めていた。

「坂井正夫は元来が器用な書き手ではなかったし、こちこちの本格物を書いていた人だったから、小説としてのおもしろさは持ち合わせていなかったようだ。アリバイ崩しを身上としていただけに、物語に起伏がなく、結末の意外性というものもまったく欠けていたことはたしかだったよ。しかし、それはそれで、ぼくはかまわないと思った。定石《じょうせき》どおりのアリバイ崩しというところが、逆に編集長には気に入らなかったんだよ。坂井の作品には、論理のアクロバットがないと決めつけていたからね」

「論理のアクロバットか……。新人にそこまで要求するのは、やはり無理な話だね」

「アリバイ崩しだから、容疑の濃い人物を作者は半ば犯人と許容した形で表面に出さなくてはならない。作者が書きたいのは、犯人は誰かではなくて、犯人がいかにして牢固《ろうこ》なアリバイを築き、それが探偵によってどのようにして崩され明かされていくか、ということなんだ。まあこれは、従来からの古い型ではあるがね」

「そんな定石を打ち破ろうとしている人もいるけどね。だが、新しいものに挑戦しようとするのも大いにけっこうだけど、ひとつ間違うと、推理小説が推理小説としての意義を失う危険性もあると思うんだ」

「うん。編集長は、犯人が前半でわかってしまうような作品では、読者がもうそこでその小説をほうり出してしまうと言うんだな。犯人が安易にわかってしまっては、そのあとに続くアリバイのトリックやなんかが、いかに巧妙に描かれていても、それは作者のくだくだしい言い訳にすぎないって言うんだ」

「なるほど。厳しいねえ」

「本格物を目ざす新人は、探偵イコール犯人、という大テーマに一度は果敢に挑戦すべきだ、と口ぐせのように言っていたよ」

「探偵イコール犯人、か。それじゃ、坂井君ならずとも思い悩むよ」

「つまりは、うちの新人賞を獲ったことが、坂井正夫には仇《あだ》になったと言えるかもしれんね」

佐々木は柄になく、ちょっとしんみりした口調になった。

「編集長に対する周囲の風当たりはどうなんだい？　編集長とて、そうそう平気な顔を決め込んではいられない立場だと思うが」

「反省しているらしいが、なにせ老獪《ろうかい》な古狸《ふるだぬき》だ、面《おもて》には見せんよ。しかし御大《おんたい》は言ってみりゃ、あやつり人形のようなものさ。編集面での実権は柳沢《やなぎさわ》さんが握っているからね。坂井を突き放していた一件だって、まるっきり編集長の一存というわけでもないらしいんだ。

柳沢次長の意向もだいぶ影響していたという見方をする連中もいるよ」

『推理世界』編集次長である柳沢邦夫《くにお》のことは、津久見もよく知っていた。

痩せた猫背の男で、血色の悪い顔にいつもとげとげしいものを刻んでいる四十男である。

柳沢は推理小説に幅広く通暁《つうぎよう》していることでは、推理作家の間でも有名だった。

かなり以前から、『推理世界』の誌上で匿名時評を担当していたが、平手打ちを食わせるような手きびしい批評は、一部の不興を買っていた。

佐々木の話を聞いているうちに、坂井正夫の迫害者は編集長の影武者である柳沢邦夫ではなかったか、と津久見は思った。

津久見は話を進めた。

「ところで君は、坂井正夫の死をどう考える?」

「どうって、別に。創作に行きづまり、その前途を悲観した、つまり神経衰弱による厭世自殺さ」

佐々木は快活な口調で、こともなげに言った。

「もっとも、単なる厭世自殺じゃ原稿にならないっていうのかい?」

佐々木は津久見の思惑を勘違いして、そんなことを言った。

「自殺にからめて女にもご登場願わなくちゃならないってわけだね」

津久見は苦笑した。

ふと、佐々木の顔に新しい表情が浮かんだ。

「しかしね、まんざら女に縁のないこともないんだよ」

「なにかあるのかい？」

「これはごく限られた人しか知らないことなんだがね。実は柳沢さんの妹と、坂井正夫とのことなんだ――」

「柳沢さんの妹と……」

津久見は、思わず身を乗り出した。

「二人がなにか特別な関係だったとでも言うのかい？」

「らしいんだな。噂だが、妹のほうがかなりの熱の入れようだったらしい。坂井という男も、あれで女にかけてはしたたか者だったらしいからね。あげくの果て、妹は自殺したんだよ」

「自殺――」

「列車に飛び込んだという話だ。失恋自殺だよ。坂井に振られたのを苦にしたんだろうねえ」

「じゃ……」

言いかけた言葉を、津久見は口許に押しとどめた。

柳沢の妹の自殺は、坂井正夫に起因しているというのだ。

事実だとしたら、柳沢がどんな気持で坂井と接していたかは、容易に想像できることである。

柳沢邦夫は瞋恚《しんい》の炎《ほむら》に燃えたぎる眼で、坂井正夫を見ていたのではなかろうか。

第五章　中田秋子

七月二十日

中田秋子は、新潟から乗った上野《うえの》行急行「とき2号」を途中の長岡《ながおか》で降りた。列車内で考えていたことを実行に移したのである。

秋子は、富山県魚津市に住む遠賀野律子を訪ねてみようと思ったのだ。

この二日間の新潟出張は、かなり以前から予定されていたものだった。

新潟県立中央病院副院長の山口保之《やまぐちやすゆき》という著者に会うのがその仕事だった。彼の執筆した『腸管X線検査法』という本の改訂について、詳細な打ち合わせをするためである。

著者との打ち合わせは、予定より早くまる一日で済んだ。帰りの列車に乗り込んだとき、このまま東京に帰るのが惜しいように思った。

どうせ東京に着いた足ですぐ出社するわけでもない。浮いた時間は浮かせた出張旅費同様に、秋子のものだった。

遠賀野律子に会おうという考えは、さしたる抵抗もなく秋子の胸に萌《きざ》した。

長岡駅から急行「しらゆき」に乗った。

柏崎《かしわざき》、直江津《なおえつ》、糸魚川《いといがわ》の順に列車は停車し、富山県にはいったころには五時半をまわっていた。雨雲が低く垂れこめ、窓外の風景は灰色にくすんで見えていた。

魚津駅に着いたのは六時に近いころであった。霧雨《きりさめ》がひび割れたプラットホームを一面にぬらしていた。

改札口を出ると、駅前の大通りがくねった感じで前方に続いていた。

右手前方に立山《たてやま》連峰が迫りくるように見え、その偉容を雨空の下に黒々と映し出していた。どこか古めかしい町並みで、それゆえ活気もなかった。

秋子は、駅前の交番で遠賀野律子の家の道順を訊ねた。

律子の家は市内紺屋《こんや》町で、富山鉄道の沿線にあった。富山鉄道で一つ先の駅だが、待ち時間が二十分もあったので、秋子は駅前からタクシーに乗った。

タクシーは商店街を斜めに横切り、富山湾を左手にして走った。

都会の運転手とは違い、相手は愛想がよかった。

話し好きなのは、秋子にとって好都合だった。遠賀野律子のことをこの運転手がなにか知っているかもしれないと思ったのだ。

紺屋町の遠賀野さんのお宅まで、と秋子が告げただけで運転手が呑み込み顔でハンドルを切ったところからも、律子の知名度がうかがい知れる。

秋子は、運転手の背中に声をかけた。

「ええ、遠賀野さんなら、よお知っとりますぜえ。三十ぐらいの色の白いきれいな人や。あの方とお知り合いですかのう？」

運転手は間のびした口調で言った。関西弁と東北弁をないまぜたような土地言葉である。

「知り合いってほどでもないの。今日はじめて訪ねるのよ。あの方にはご主人もいらっしゃるんでしょう？」

「いいや、まだ独りもんですよ。あれほどの器量で独身だなんたあ、もってえねえ話ですよ。お花と習字の先生してらっしゃるんだが、なに暮らしにゃ困らんですよ。義理の兄さんちゅうのが富山市で大きな造船会社を経営してるちゅうことだし。大河内《おおこうち》造船ちゅうたら、このへんでも有名ですからのう」

道路が狭くなり、車は小高い丘を登っていた。

左手の丘の中腹にしゃれた住宅が並び、右手の田園に小川が蛇行している。

あそこが紺屋町です、と運転手が言った。

いかにも律子が住んでいそうな、閑静な環境の住宅地である。

「最近、遠賀野さんのお宅になにか変わったことが起こらなかったかしら？」

と秋子は、思い切って聞いた。

運転手は、バックミラーの秋子の顔に短い視線を当てた。

「ありましたよ。もっとも、富山市のほうのお宅でですがね。あれは五月の中ごろのことじゃったかなあ」

運転手は、例ののんびりとした口調でそう言った。

「富山の大河内造船の社長の坊ちゃんが行方不明になったんですよ。その当時は新聞の地方版にもでっかく出ましてねえ」

「行方不明に？」

「行方不明たって、迷子やなんかになったちゅうわけじゃねえんですよ。まだ一歳になるかならねえかの赤ん坊ですからねえ」

「じゃ、誘拐されたのね？」

「さあ、そのへんのとこも、はっきりしねえようなんだが……」

「で、新聞にはなんて書いてありましたの、その行方不明になったときの様子は？」

秋子は、せき込むように訊ねた。

「富山市の大和《やまと》デパートに社長の奥さんと遠賀野さんが赤ん坊を連れて買い物に出かけたときの話なんですがね。その奥さんと律子さんは実の姉妹で、よく二人で出かけていたらしいです。奥さんのほうがトイレにはいっていて、律子さんがトイレのわきのベビーサークルに赤ん坊を寝かしておいたちゅうんですが、律子さんがちょっとウインドーをのぞいている隙に眠っていたはずの赤ん坊がどこかへいなくなってしまったちゅう話なんです。律子さんはそのとき、トイレから出てきた奥さんが抱いていったもんとばかり思って気にもしなかったちゅうことでした。あとで、行方不明だとわかって、デパートじゅう大騒ぎになっちまって……」

「で、その赤ちゃんは？」

「いまだに行方知れずのまんまですよ。新聞じゃ当時、誘拐事件として騒ぎ立てたんですがね。だども、誘拐事件にしちゃ犯人からなんの連絡もねえんですよ。身代金欲しさの犯行じゃねえとすると、大河内家になにか恨みを持つ人間のいやがらせともとれるんだが、大河内家じゃ人様に恨みを買うような覚えはなんにもねえって言うんです。社長がちょうどヨーロッパのほうへ旅行してたんですが、事件を知ってあわ食ってひきかえしてきたちゅうことです。警察では社長の交友関係なんかも念入りに調べたらしいんですが……」

「不思議な事件ね。お金目当てでもないし、いやがらせでもないとしたら……」

「今じゃもう、新聞にも出なくなりましたよ。人さらいに遭ったんじゃねえかと、もっぱらの噂ですがね。子ども好きな人にでもさらわれて、元気に生きてりゃいいですがねえ」

車は瀟洒《しょうしゃ》な二階建ての家の前で停まった。

運転手は顎をしゃくって、それが遠賀野律子の家であることを示した。

建物は古風な日本式の造りだったが、庭が広い面積を占めていた。

一面に植えられた緑の芝生が茶褐色の建材によく調和し、家全体を落ち着いたものに見せていた。

秋子は飛石を数えるように伝って、玄関のほうへ歩みかけた。

一階の部屋の白いカーテンが揺れ動いたのを視界の隅に留め、秋子は立ち止まった。

庭に面した窓ガラスの背後に、一人の女が立っていた。

遠賀野律子と気づくのが遅れたのは、相手が軽快な洋装だったからだ。

律子は白のポロシャツに、ヒップボーンの襞《ひだ》スカートをはいていた。和服姿からは想像もつかないスポーティな感じに、秋子はちょっと戸惑った。

「どなたでしょうか？」

律子は、黒い眼をじっと秋子に注いだ。

秋子は名を告げた。

相手は一瞬、小さく表情を変えただけで、黙って眼顔で会釈した。秋子のことを見憶《おぼ》えている上での挨拶のようであった。

秋子は玄関わきの小綺麗《こぎれい》な客間に案内された。無駄な装飾品や調度のない質素な和室だった。冷たいまでの優雅さが、部屋のどこからともなく漂って感じられる。

律子はお茶を持って部屋にはいってきた。

律子を間近に見るのは、これが二度目である。

明るい所で見る律子の顔は、坂井の部屋の玄関で見た記憶と少なからず異なって見えた。

あのときの横顔の記憶は、整ってはいるが、冷たく硬い感じの容貌として残っていた。

いま正面から見る律子は、柔らかい輪郭を持った丸い顔をしていた。大きな眼とすんなりと高い鼻が、小さな顔に際立っている。

「どんなご用向きでおいでになったんでしょうか？」

ゆっくりと一語一語を区切るようにして、律子は言った。

その声は低く、乾いていた。

「坂井正夫さんって方、ご存じのことと思いますが」

秋子は相手から眼を離さないで、静かに言葉を出した。

「存じ上げております」

「七月七日に亡くなられたことも、ご存じでしょうか」

「いいえ」

律子は時を置かずに、短く答えた。

坂井の死に律子が少しの動揺も示していないことを、秋子は知った。

眼だけが、秋子の話を促《うなが》すように黒く輝いていた。

「坂井さんは、アパートの自分の部屋で毒を飲んで亡くなられたんです」

「知りませんでした。近ごろ、新聞なんてめったに読まないものですからね」

「私の知るかぎりでは、新聞には、なにも報じられていませんでしたわ」

律子に短い沈黙があった。

「自殺ですのね」

そう低く言うと、テーブルに手を伸ばし秋子にお茶をすすめた。

「警察では、そう判断しているようです」

「と言うと、あなたは正夫さんの死が自殺じゃないとおっしゃりたいのね」

「自殺したとは思えないんです。なにをそんなに思い悩んでいたのか、思い当たることもありません。第一、自殺だったら遺書があるはずです」

「お聞きするのが遅れましたけど、正夫さんとはどんなお知り合いでいらっしゃいますの？」

秋子の言葉を軽くいなすように、律子は言った。

「仕事の上での知り合いでした。編集の仕事を時どき手伝ってもらっていたんです」

「それだけ？」

「私は坂井さんが好きでした。結婚の約束をしていたんです」

「やはり、そうでしたの。つまり、恋人の死を究明しようというわけですのね」

「そうです。このままでは、私の気持がおさまりません。私の質問に答えてください」

「お答えしますわ。ただし、出かける用事がございますので、手短にね」

秋子はお茶に手を伸ばし、勢いよく一口飲み込んだ。

持ち前の勝気な激しい気性が、むっくりと頭をもたげていた。

「坂井さんはお金を持っていました。それもかなりまとまったもので、坂井さんには不相応な大金です。自分の手で得たものでないとしたら、誰かからもらったとしか考えられません。律子さん。あなたはこの五月に坂井さんのアパートを訪ねていますわね、それも五十万円という小切手を持って――」

律子は黙ったまま、冷やかな表情で秋子を見つめていた。

「答えていただけません？」

秋子の言葉にも、律子は沈黙を続けた。

「否定はなさりませんのね。じゃ、先を続けますわ。あなたは五十万円を坂井さんに支払った。そしてまた、三百万という大金を六月下旬に支払う約束もしたんです。なんのために二度にもわたって大金を支払わねばならなかったんでしょうか――」

「――」

「あなたは、ある代償に坂井さんにお金を支払う必要があったんです。それは、坂井さんに口をつぐんでもらうためにです」

「口をつぐんでもらう？」

おうむ返しに律子は口を開いた。

「どういうことかしら？　お話の意味がよくわかりませんが」

「坂井さんがあなたの秘密を知っていたからです」

「私の秘密を……」

「この五月に富山市の大河内夫妻の赤ちゃんが行方不明になる事件が起こりましたわね。事件発生時に、あなたはお姉さんと一緒でしたわ。つまり、現場にいらしたわけです。坂井さんも五月にこの富山へきていたはずです、あなたに呼ばれて――」

「それで……」

「結論から申しますわ。あなたは大河内さんの赤ちゃんを誘拐したんです。それを坂井さんに手伝わせたんでしょう？」

秋子は思い切って言ってみた。

充分に練った考えではなかったが、律子という女への反撥心がそうさせたのである。

このときはじめて、相手の顔が崩れるように歪《ゆが》んだ。

その表情の変化は、だが秋子が想像したものとは別のものだった。

律子は片手を口許に当て、笑いをこらえていたのだ。

笑い崩れた白い口許を、律子は真っすぐに秋子に向けた。

「本当におもしろいお話ですこと。私が隆広《たかひろ》をかどわかしたなんて。馬鹿馬鹿しくて、腹も立ちませんわ」

「七月にはいって、あなたは二度目の小切手を持って坂井さんのアパートを訪ねたはずですわ。あなたは小切手を渡す代わりに、ある手段を選んだんです。秘密を完全に抹消するために、坂井さんに毒を盛った――」

委細かまわずに、秋子はそう言い切った。

「もういい加減に途方もない冗談はおよしになって。そこまで言い切れるのなら、そのお話を警察なり新聞社なりに持ち込まれたらいかがですの」

「それではそちらもお困りでしょう」

「いいえ、いっこうに」

律子は腕時計を見ながら、立ち上がった。

「どこに持ち込むにしても、一笑に付されるだけね。あなたのお話は、単なる空想にすぎないんですもの」

「ちゃんとした証拠を揃えろという意味ですのね。言われるまでもなく、必ず証拠を見つけ出しますわ。その手始めに、あなたの七月七日の行動でもうかがっておきましょうかしら……」

「刑事みたいにアリバイを調べようというのね。けっこうですわ」

律子は、再び坐りなおした。

部屋が急に暗くかげり出したのは、本降りになった雨のせいばかりではなかった。

第六章　津久見伸助

七月二十一日

母に呼ばれ、津久見は書斎を出た。

踊り場から階段の下をのぞくと、母が電話のところに立っていた。

雑誌社の小暮《こぐれ》さんという方から電話だよ、と母に言われ、津久見は解せない面持で階段を降りた。

津久見が現在関係している雑誌社の中に、そんな名の編集者はいなかった。

「はい、津久見ですが……」

「雑誌『山岳』編集部の小暮と申しますが」

歯切れのいい若い男の声が聞こえた。

山岳関係の専門誌が、津久見に執筆を依頼してくるとはちょっと考えられなかった。

津久見は不審な面持で、相手の言葉を待った。

「一昨日発売になった『推理世界』という雑誌の九月号をごらんになりましたか？」

「いいえ、まだですが……」

「そうですか。その九月号に坂井正夫という人が短編を発表しているんですがね。実は、その作品についてなんですが——」

相手の声が、そこで途切れた。

津久見は、意外に思った。

坂井正夫が受賞第一作を発表したという事実が、津久見の頭を混乱においやった。坂井の原稿は編集部に採用されていたことになる。坂井の長い間の労苦は、やっと報われていたのである。

「その坂井さんの作品なんですがね。実は私どもの編集部に二、三の読者から問い合わせがありましてね、盗作ではないのか、というんですよ」

「盗作——」

「津久見さん。あなたは、亡くなられた瀬川恒太郎さんの『明日《あした》に死ねたら』という短編をお読みになったことがありますか?」

——明日に死ねたら
津久見は、心の中でその題名を復唱した。

「ええ、憶えています。たしか、おたくの『山岳』に掲載された作品だと思いましたが」

「そうです。病気のところを無理願って書いてもらったものなんです。瀬川さんにとっては最後の作品になってしまいましたがね」

「すると、坂井君は瀬川さんのあの作品を……」

津久見は、茫然《ぼうぜん》と受話器を握りしめていた。

衝撃で、言葉が続かなかった。

坂井正夫が、瀬川恒太郎の作品を盗作したとでもいうのか――。

「そうなんです。坂井正夫の発表した作品は瀬川さんの『明日に死ねたら』という作品にそっくりなんですよ。プロットやトリックもまったく同じですし、登場人物や舞台にいたるまでそっくりそのままなんです」

「――」

「瀬川さんの原稿は七十枚ほどのものでしたが、今度発表されたのは六十枚ぐらいに短縮されているようです。中に五、六個所ほど書き写し同然の部分もあるんです。とにかく、詳しくはそちらにおじゃましたときに。津久見さんのお話も記事にしたいんです」

「私の話を……」

「坂井正夫と生前親しい交際をしていたあなたから、彼のことをいろいろお聞きしたいと思いましてね」

「親しいといっても、それほど……」

「これはかなりニュースバリューのある事件ですよ。新人賞作家のなれの果て――とでも見出しをつけて、かなり突っ込んで書くつもりです」

小暮は津久見の思惑など無視するように、一方的に電話を切った。

受話器を置いたあと、津久見はその場をすぐには離れることができなかった。

坂井正夫の第二作は盗作だった。瀬川恒太郎の作品を半ば書き写し同様にして盗み書いたというのだ。

坂井はやはりそこまで追いつめられていたのか。採用されたいと切望するあまり、前後の見境もなく瀬川の作品を模倣したとでもいうのだろうか。

瀬川恒太郎は著名な大衆作家で、物故するまで文壇に隠然《いんぜん》たる睨みをきかしていた実力者の一人だった。

本来は時代物畑の作家だったが、デビュー後五、六年にして現代物や推理物まで手広くこなすようになり、その器用さと旺盛《おうせい》な筆力とで一躍流行作家にのし上がっていた。

五十四歳にして連れそった妻に先立たれたが、その翌年、二十も年下の未亡人を見染めて結婚し、世間の注目を集めた。

しかし、その再婚を境にして、驚異的な月産アベレージを保持していた瀬川の創作量が急速に下降線を辿ったのだった。

うら若き新妻という背景にからめて、週刊誌などにぶしつけな憶測記事が載ったが、創造力の減退はあくまでも宿痾《しゆくあ》の糖尿病のためだった。

病死する半年ほど前に、津久見はある祝賀パーティの席で瀬川恒太郎と短い挨拶を交わしたことがあった。

瀬川はその当時、随筆や短文などでお茶をにごしていて、本格的な創作はほとんど絶筆に近い状態だったが、瀬川のやつれた体軀から、それも無理からぬことだと思った。周囲を威圧するような往年の精悍《せいかん》な面構えを、その抜け歯の目立つ無気力な顔からは想像できなかった。

瀬川の愛読者の一人で、ことにその洗練された論理が展開する西洋的な推理小説に傾倒していた津久見は、瀬川の晩年の衰退を惜しみ、その死を悼《いた》んだ。

その瀬川恒太郎の最後の作品を、坂井正夫が盗作したというのだ。

坂井正夫の心境は、まったく理解の埒外《らちがい》にあった。

とにかく、『推理世界』の九月号を買って読むことが先決だった。

津久見はサンダルをつっかけて、陽の照りつける道を駅前の書店まで走った。

この雑誌特有のカラフルな色表紙は、店頭でもすぐに眼に留まった。

津久見はその場で中味を繰った。

雑誌の中ほどのページに、坂井正夫の作品が載っていた。

冒頭に、新人賞受賞第一作、と黒地の枠に白く抜かれた活字が並んでいた。

長ったらしい、変哲もない題名だった。

津久見の視線は、しかしその活字の上に凝結したように動きを止めていたのだ。

七月七日午後七時の死——それが題名だった。

七月七日午後七時——。

これとまったく同じ日、同じ時刻に坂井正夫は毒を飲んで死んでいるのだ。背中に冷たいものが走った。

その場にじっと立っているのが耐えられない気持で、津久見は雑誌を小脇にかかえて書店を出た。

窓際に来客用の椅子を据えて、津久見はその作品をいっきに読んだ。

押入れから引っぱり出した雑誌『山岳』のバックナンバーを傍にひらいて置いたが、照合するまでもないことだった。

小暮という編集者の指摘どおり、それは瀬川恒太郎の『明日に死ねたら』そっくりであった。疑いもなく、瀬川恒太郎の作品を模倣したものだった。

瀬川恒太郎は息の長い、凝った文章を書くが、その点だけは違っていた。

坂井の作品の文体は、短くぶっきら棒なものだった。

『明日に死ねたら』という作品は、ある夏の山小屋を舞台にして、離れの山人《やまんど》小屋で起こった殺人事件を描いたものだった。

瀬川恒太郎の作品としてはめずらしく、本格推理の興趣を盛ってあり、やや急ぎ足のストーリー展開だが、結末の意外性にも思慮が払われていた。

掲載誌の性格も考え、登場人物にアルピニストを配したり、若干ペダンチック気味だが、山岳関係の知識を盛り込んであるあたり瀬川らしいそつのなさが感じられた。

坂井の作品は、舞台の設定もトリックもこれとまったく変わるところがなかった。文章を変え枚数を短縮して、部分的にそのまま書き写したものとしか考えられなかった。

津久見は雑誌をほうり出すようにして、テーブルの上に置いた。

坂井正夫は精神に錯乱をきたしていたのではないか、と津久見は思った。

だが、最後の電話の一件を思い起こし、津久見はそれをすぐに否定した。

電話での坂井は、良い作品を脱稿したとかなり気負い込んでいたが、やはりいつもの坂井だったと思う。その喋り方や言葉の内容の中に、精神状態を疑うような変化はなにも感じ取れなかった。

坂井が完全に正気だったことを、津久見は信じないわけにはいかなかった。

だとすると、坂井のとった行為はますます不可解さを増してくる。

盗作だということは原作者の知名度から考えても、早晩暴露されることはわかり切っていた。

盗作ということになれば、その一事だけで坂井の作家生命は抹殺されるのだ。坂井は苦境にあえぎながらも、推理小説の道に執念を燃やしつづけていた一人なのだ。

坂井正夫は作家としての生命を自らの手で抹殺しようとしたのではないか、と津久見は推論を一歩押し進めてみた。

坂井は自分の才能に見切りをつけ、すべてを承知の上で瀬川恒太郎の作品を盗み書きしたのではないか。

盗作がばれ、周囲が騒ぐ。坂井は即座に筆を取り上げられ、盗作の汚名を着せられたまま作家としての生命を終わる。

坂井はしかし、雑誌が発行され盗作と騒がれる前に死んでしまったのだ。

自殺だとしたら、その死亡日時にやはり疑問が残るのである。世間が騒ぎ出すのを見とどけてから死んでも遅くはなかったはずである。

どこか気の弱いところのある坂井が、そんな事態を受け止める自信がなかったとも考えられる。

だが死を覚悟しそんな行為に走ったとしたら、恥辱を甘受することも覚悟の上だったと考えるのが自然ではないか。

津久見の思考は、そこで中断された。

雑誌『山岳』の小暮という編集者が訪ねてきたからである。

小暮は雑誌編集者らしい活動的なタイプの男で、眼許に厳しいものを刻んでいた。歯切れのいい口調で、てきぱきと話を進めていった。

津久見は、もっぱら聞き役にまわっていた。

小暮は射るような視線を向けると、こんなことを言った。

「坂井正夫は、万事承知の上で瀬川さんの作品を盗作したと思うんです。彼にはそれだけの覚悟があったんです。坂井正夫は作家としての誇りを投げ捨ててまでも、その復讐《ふくしゅう》をなし遂げようとしたんだと思いますな」

「復讐――」

奇異な言葉に、津久見は聞き耳をたてた。

「そうです。復讐ですよ。坂井正夫は書く作品が次々に没にされた。やがては相手の編集者に怨《うら》みを抱くようになるのも自然の情というものでしょう。逆《さか》うらみとかなんとかいう解釈はこの際別として、彼はなんとかこの怨みを晴らしたいと思った。そして結局、編集長の失脚を図ることで一矢報いようとしたんですよ。盗作の事実が世間に知れた場合、失脚するのはなにも坂井正夫一人とは限らないんです。非難の眼は、うかつにもそれを活字にした編集者の側にも向けられるのは必至です。現に今ごろは、首都文芸社では関係者が緊急会議を開いて頭をかかえ込んでいるところらしいですよ」

津久見は黙って聞いていた。おもしろい意見で、信憑性もあると思った。

津久見は『推理世界』の編集長の肥った赤ら顔を思い浮かべた。

ふと、その河馬《かば》に似た顔がかき消えて、痩せて血色の悪い顔が眼の前をよぎっていった。

編集次長の柳沢邦夫の顔だった。

津久見はこのとき、あやうく声を発するところだった。盗作問題を考える過程で、柳沢邦夫のことを忘れ去っていたのは、まったく迂闊《うかつ》だった。

柳沢は、坂井正夫のその原稿を間違いなく読んでいたはずである。

だったら、それが明らかな盗作原稿であることを、なぜ柳沢は見抜けなかったのだろうか——。

もしかしたら柳沢は、雑誌『山岳』に掲載された瀬川恒太郎の『明日に死ねたら』という作品を読んでいなかったのか？

この問いに、津久見は首を横に振った。いいや、違う。

柳沢は若いころ詩や小説を書いていて、ある雑誌の懸賞に小品が入選したことがあった。そのとき柳沢の作品を激賞したのが選者の瀬川恒太郎で、それが柳沢と瀬川恒太郎との交際の機縁になったという話を、津久見は聞いたことがあった。

柳沢は、瀬川恒太郎に私淑《ししゆく》していたのだ。

『推理世界』の匿名時評でも、毎回のように瀬川の作品に触れ、そのつど讃辞《さんじ》を惜しまなかった柳沢である。

つまり、活字になった瀬川の推理小説が、柳沢の眼から洩れるということは、まず考えられないのだ。

柳沢が瀬川の『明日に死ねたら』に眼を通していたことは間違いがない。

としたら、歳月の間隔があるとはいえ、坂井正夫の作品を盗作と見抜けぬはずがないのだ。

柳沢は盗作と知っていながら、坂井正夫の作品を掲載したことになるのだ。事実としたら、それ相応の理由がなくてはならない。

柳沢と坂井正夫の間には、眼に見えぬ糸が絡み合っていたのか。

津久見は、柳沢邦夫に会ってみようと思った。

七月二十六日

猫背の後ろ姿が柳沢邦夫だとわかると、津久見は思わず足を止めた。

柳沢は、急ぎ足に新幹線ホームを歩いていた。車輛番号を確認して歩いているところから、彼が津久見と同じ「ひかり19号」に乗車することは間違いなさそうだった。

柳沢はやがて、8号車のドアに姿を消した。

津久見の車輛は、その二つ後方の10号車だった。

津久見は車内にはいり、窓際のシートに腰をおろした。眠気と疲労で、体がけだるい。

この二、三日短編のプロットにかかりきりだったのである。ようやくプロットを組み立てたところで、今日の取材旅行を思い立ったのだ。

今度の原稿は、例の雑誌『山岳』から依頼されたものだった。それも、山岳《やま》を背景にした推理小説を、という編集部の注文がついていた。

ちゃんとした推理小説の原稿を依頼されることなど、絶えてなかった津久見である。はりきってそれに取り組んだのは、言うまでもない。

登山は学生時代からの趣味だったから、津久見にはもってこいの題材と言えた。なんとなく良いものが書けそうな予感に、胸がおどった。

『週刊東西』の殺人レポートは、病気だという口実で締切を延期してもらった。

編集部の唐草太一は案のじょう電話でがなりたてたが、津久見は仮病を押し通した。おろされるかもしれない懸念もあったが、それならそれで諦《あきら》めようとも思った。

発車後しばらくして、津久見は柳沢に声をかけておこうと思い、席を立った。

遅かれ早かれ、柳沢は会わなくてはならない相手だった。

柳沢は通路側の座席に深々と寄りかかって、ポケット判の本を読んでいた。外国の翻訳推理小説で、表紙には有名な女流作家の名が印刷されてあった。

声をかけると、柳沢は驚いたように本から顔を上げた。

「やあ、津久見さん――」

「しばらくでした」

「ご一緒とは気がつきませんでしたよ。山じたくで、またどちらまで?」

「六甲《ろっこう》田山《ださん》です」

「ほう」

想像を裏切って、柳沢は機嫌がよかった。

いつも神経質そうに眉根を寄せている柳沢しか見憶えのない津久見には、その闊達《かったつ》さが意外だった。

冷たいものでも飲みましょうか、と柳沢は先に立って食堂車のほうへ歩き出した。

アイスコーヒーを注文すると、柳沢は青白い角ばった顔に薄い笑いを浮かべた。

「坂井正夫の一件では、あなたもなにかと大変だったようですな」

「私なんかより、そちらのほうこそ――」

「いやあ、坂井正夫もどえらいことを仕でかしてくれたもんですなあ。自分の才能に愛想をつかして死ぬというだけなら、まだ同情もしますがね。行きがけの駄賃に盗作をするなんて、まったく言語道断ですよ」

柳沢の額には縦皺《たてじわ》が寄っていた。吐き捨てるような言い方も、彼独特のものだった。

以前、友人の佐々木から、柳沢は仕事の上で感情的になると、まるで駄々っ子のように分別を忘れて手がつけられなくなる、という話を聞いたことがある。

配下の女子課員が次々と転課を希望するのも、この柳沢の額の縦皺のせいだ、とも佐々木は言った。

それは、津久見にも首肯けた。感情的になったときの柳沢の言動は、まったく不快なものだった。

「坂井正夫は編集長に報復するために、わざと盗作をしたなんて、なんかの雑誌に書かれていましたがね。そうだとしたら、そりゃまったくの逆うらみというやつですよ。おかげで編集長もえらい被害をこうむって、しょげ込んでますよ」

「柳沢さん」

津久見はストローを口から離すと、柳沢のほうへ向きなおった。

「その坂井君のことで、一度あなたとゆっくりお話をしたかったんですよ」

「聞いてますよ、『週刊東西』の唐草君から。例の殺人レポートでしょう」

「ええ、まあ……」

「けど、お断わりしておきますが、私に関することはいっさい記事にしないでくださいよ、津久見さん」

柳沢は、迷惑そうな顔を陰気な笑いでごまかそうとしていた。

「今度はひとつ、思い切って趣向を変えて書こうかと思っているんです。お色気抜きで、事件そのものをリアルに書いてみたいんです。つまり、推理小説として、あの事件をまとめてみるつもりなんです」

そんなことが、現実に許される道理がなかった。唐草太一が聞いたら、眼を丸くして異をとなえるところだ。

「ですから、自殺という結末では推理小説としての骨組みが弱すぎると思うんです。坂井君は殺された、という前提で書くわけです」

「津久見さん――」

柳沢は、眼の端に津久見を捉えていた。

「ずいぶん大胆な設定ですが、自殺を他殺にすり替えること自体が少し無理なんじゃないのかなあ」

「ええ、でも私はそれを別にすり替えるつもりはないんですよ」

「すると、津久見さんは――」

「そうです。坂井君の死は自殺じゃないと考えはじめるようになったんです。誰かに毒殺された、という考えを出発点にして書いてみたいんです」

津久見は、相手の横顔に視線を固定した。

柳沢は、窓外の景色から眼を離さなかった。

「なにか、しっかりした論拠をお持ちなんですか、自殺ではないという――」

そのままの姿勢で、柳沢はつぶやくように言った。

津久見は、相手の心の動揺を見抜いていた。

「私なりのものは持っています。ところで、確認しておきたいことがあるんですがね。実は例の坂井君の原稿のことなんです」

「坂井の原稿——」

「あの原稿を最初に読まれたとき、柳沢さんはどう思いましたか？」

「瀬川恒太郎さんには悪いが、まあ、そんなに不出来じゃないと思いましたね。古風な構成がちょっと気になりましたがね。そんな私の意見もそえて、編集長の決裁箱の中に入れておきましたよ」

「念を押しますが、柳沢さんはそのとき、その原稿が盗作だとは気づかなかったんですね」

「——」

こちらへ向きなおった柳沢の顔には、うっすらと血の気がさしていた。

「君は、君はいったい、この私になにが言いたいんだね」

急に激しい語調に変わっていた。

「あなたは、坂井君のあの原稿が、瀬川恒太郎の最後の作品の模倣であることを知ってらしたんではないんですか？」

「知らん」

柳沢は短く言って、横を向いた。

「じゃ、瀬川恒太郎の『明日に死ねたら』をお読みになっていないとでも？」

「そうだ。読み落としていたんだ。掲載誌が地味な専門誌だったせいもある。読んでいれば、当然のこと匿名時評でも取り上げていたはずだからね」

「バックナンバーを調べてみましたが、瀬川さんの作品に触れた文章はありませんでした。でも、だからといって、読まなかったという説明にはならないでしょう?」

「しつこいな、君も。読んでないものは、読んでないんだ」

「私も瀬川恒太郎の推理小説に傾倒していた一人です。当時瀬川さんは、病気が嵩《こう》じて休筆されていた。絶筆の噂も流れはじめたころ、偶然にも店頭であの作品を眼に留めたんです。思わず、その場でむさぼり読んだほどでしたよ。瀬川恒太郎と交友の深かったあなたが、他の作品ならいざ知らず、いわば再起をかけたあの作品だけを読んでいなかったとは、どうも納得がいきませんねえ」

「事実だから、仕方あるまい。ま、どう思おうと君の勝手だが。でもねえ、君――」

そう言って、口端に独特な嘲笑《ちようしよう》を刻んだ。

「かりにだ、かりに盗作だと知っていたとしたら、それを私が黙っているわけがないじゃないか。盗作の事実を承知で雑誌に掲載するなんて、正気の沙汰《さた》じゃないからね」

「目的のためになら、そうしたかもしれないと考えているんですがね」

「なに? なんの目的だというんだ」

「一つには、坂井君の作家としての生命を根こそぎにもぎ取ってしまうためだったと思います」

「作家生命を奪うだって?」

柳沢は、声をたてて笑った。

「冗談じゃないよ、君。そんな手のこんだことをする必要がどこにあるのかね。坂井正夫なんて作家は、黙っていても早晩埋もれてしまったはずだよ」

「しかし、あなたはそんな生ぬるい報復だけでは満足できなかったんじゃないでしょうか。妹さんの自殺のことで、坂井君を激しく憎んでいたはずですから。あなたはそこで、盗作事件と自殺とを巧妙に結びつけることを思いついたんじゃないんですか?」

「盗作事件と自殺とを結びつける? どういうことかね」

「坂井君は受賞第一作を創作するために、長い歳月を苦しみ抜いていたんです。ある意味では、それだけでも自殺の動機たりうると思います。その上さらに、盗作による遺作を残した――という付録まで付けば、彼の服毒死は自殺以外には考えられそうもありません。盗作という行為が、それを雄弁に物語ることになるからです。神経衰弱が嵩じ、死を覚悟した坂井君が、やけっぱちになって、面あてに盗作をした、と周囲は見るはずです。しかも、坂井君の作品はちゃんと遺書代わりにもなっているんです。『七月七日午後七時の死』という題名がつけられていましたからね。それと同日同時刻に坂井君は死んでいます」

「つまり、この私が坂井正夫を殺した、と君は言いたいんだな」

柳沢は自分を失いかけていた。蒼白な顔になり、口許はみにくく歪んでいる。

「そんな飛躍した、安っぽい推理しかできないから、君にはろくなものが書けないんだよ。そんなでっち上げの記事を一行でも書いてみろ、名誉毀損《きそん》で訴えてやる」

「書くからには、もっと万全な調査をしますよ。たとえば、当日のあなたの行動についても——」

「おもしろい。アリバイを調べようというわけだな。遠慮なくやってもらおうじゃないか。吠《ほ》え面《づら》かくのは君のほうだ」

柳沢は自分のコーヒー代だけを投げ出すように置くと、椅子から立ち上がった。

第三部　展開

第一章　中田秋子

七月二十一日

中田秋子は魚津駅前の旅館を出ると、魚津駅から福井行の鈍行に乗った。

右手の車窓に雨に煙った灰色の海が、見えかくれにのぞいていた。

滑川《なめかわ》、富山、高岡《たかおか》、金沢と列車は北陸本線を西下し、目的の寺井《てらい》駅に着いたのは十時ごろだった。

海岸を背後にひかえた田舎の小駅で、駅前のさびれた感じは、魚津とよく似ていた。

秋子は海岸線から吹きつける雨風を背中に受けながら、湿った舗道を真っすぐに歩いていった。

清景《せいけい》ホテルは、大通りを七、八分歩いた神社の裏手にあった。そこは通りから外れていて、閑静な一角をつくっていた。

古いが、がっちりとした造りの建物が敷地の奥まったところに見えていた。

秋子は、出てきた従業員に名刺を渡した。

「ああ、魚津の遠賀野さんの……」

相手はそう言ってうなずくと、名刺を持って横の帳場に姿を消した。

遠賀野律子の件をどう切り出そうかと考えあぐねていた秋子は、少しほっとした。

律子が秋子の行動を予想して、やはりこのホテルにその旨連絡しておいたことは、相手の言動からして明らかだった。

律子のおかげで、余計な手間がはぶけた。

律子は事件の前日、七月六日の日に、このホテルに一泊したと言っている。詳しいことを知りたければ、直接ホテルを訪ねて女将《おかみ》になんなりと訊ねてみたらいい、と律子は言った。

秋子が律子の当日の行動を詳細に調べてみようと決心したのには、律子への反撥心もあった。

どんな結果が出るにしても、このままではひきさがれない気がした。

先刻の女性が出てくると、秋子を二階の休憩室に案内した。

広い間取りの部屋で、南向きの窓から庭園の静かなたたずまいが望まれた。

北向きの窓からは密集した人家が見え、その窓に迫るようにして白い木造の時計台が建っていた。

秋子は、その北向きの窓際に立った。窓のすぐ下に、青いペンキ塗りの幼稚園の建物があった。

その時計台は幼稚園の園門代わりをしていて、塔の足許は出入り用に半円状にくり抜かれている。

こぢんまりとしていたが、どこか異国風でしゃれた幼稚園だった。

そのとき、背後に低いスリッパの音を聞いて、秋子は振りかえった。

贅肉《ぜいにく》のついた中年過ぎの女将を想像していた秋子は、相手を見て思わず眼を見はった。

「桜山《さくらやま》と申します。遠賀野さんには、いつもご贔屓《ひいき》にしていただいて」
二十五、六としか見えない若々しい女将は、丁寧な物腰で挨拶した。
紫地の和服は、断髪であどけない丸顔にはあまり似つかわしいものではなかった。

女将は、片手にケース入りのカメラをぶらさげていた。

秋子は部屋の中央の椅子にもどって、女将と向かい合って坐った。

「さきほど、遠賀野さんからお電話をいただきましたわ。東京の出版社にお勤めなんですってね」

秋子は、黙ってうなずいた。

「こちらからうかがうのが本当なんですけど、このところひまがなかったもので。じゃこれ、あなたから遠賀野さんにお渡しになってください。つい長いことお借りしちゃって」

女将は、円テーブルの上にカメラを置いた。

秋子は事情をすぐには呑み込めなかったが、あたりさわりのない笑顔を返した。

秋子を律子の使いの者と考えているらしいことは、秋子にとっても好都合だった。

秋子はカメラを手に取って、ケースを開けてみた。最近、新聞やテレビなどで宣伝されているKハイコンパクトカメラだった。

「すごいのを持ってるんですね、遠賀野さんは」

秋子は、思わずそう言った。

「あの方、お花と書道のお師匠さんですけど、他にも趣味が広く、特にカメラは玄人《くろうと》はだしですわ。どんな小旅行にも、これを手ばなしたことがないんだそうです。あのとき、無理にお借りしてしまったみたいで、悪いことをしましたわ」

「じゃきっと、このあたりの風景もたくさん写したことでしょうね」

「それが、あのときはあいにくでしたわ。お仕事で出かけたときも手ぶらでしたし、お帰りになってからも、お部屋にずっと閉じこもっていたようでしたわ」

「そうですか。お仕事っていうのは、お花かなにかの……」

秋子は、話を軌道に乗せようとしていた。

「ええ、そうですわ。このすぐ先の小松《こまつ》市で、恒例の生け花展があったんです。今月の六日、七日の二日間、市の公民館を借り切って行なわれたんですが、東京からもえらいお花の先生がたがこられて、とても盛大だったそうですよ」

「あの方は、よくこのホテルを利用なさってたそうですね」

「ええ、先月の末にもお泊まりでしたわ。生け花展の準備がおありとかで」

「ここには六日の夜、一泊されたんですね？」

と秋子は聞いた。

「ええ。ここへお着きになったのは、夕方でしたわ。魚津を朝早く発《た》って、そのまま小松市の会場のほうへ行かれたとかおっしゃってました。お知り合いの方とご一緒に見えられたんです」

「知り合いの方？」

「やはり生け花展に見えておられた方のようで、旗波三郎《はたなみさぶろう》さんとかおっしゃる男の方でしたわ。その方も六日の晩、お泊まりになったんです」

「翌日の七日の日も、生け花展に出かけられたんですね？」

「ええ。でもお二人ともお荷物はそのままにして出かけていき、午後にまたおもどりになりましたわ」

「午後？　で、遠賀野さんは何時ごろここを発たれたか、憶えておられますか？」

「さあ……」

女将は、稚《おさな》い顔を心持ち横にかしげていた。

「お二人とも疲れたから、夕方まで横になりたいと言われ、お帰りになるとすぐめいめいのお部屋で休まれていたようです。それからしばらくして、この休憩室で写真を撮り……

旗波さんがお帰りになったのは、夜もだいぶ遅くなってからでしたわ。ずっとお酒をめしあがってらして、赤い顔をして帰られたのを憶えてます」

「じゃ、帰りはお二人ご一緒じゃなかったんですね？」

「そうです。あの日は午後から農協関係の団体さんが見えましてね。宿の者も私もてんてこ舞いをしてましたから、遠賀野さんがいつお帰りになったか気がつきませんでしたわ。旗波さんのお話では、七時ごろお帰りになったとか、おっしゃってましたけど……」

「七時……」

活潑な女将の口調が、どこか途切れがちになっていた。質問の真意をさぐるような眼付で、秋子を見ている。

そんな視線をはぐらかすようにして、秋子は煙草をくわえた。

律子が七月七日の午後まで、このホテルにいたことはたしかなようだった。

知り合いの旗波とかいう男は、律子が発ったのは七時ごろだと言っている。

その時刻を、もう少し具体的に立証する方法はないものだろうか。

旗波の偽証ということも、充分考えられるのだ。

女将が律子の帰る姿を見ていなかったという一事に、秋子は釈然としないものを感じていた。

「これ、そのときのフィルムです」

やがて女将は、秋子の前に四角い紙袋をさし出した。

「私が自分で現像と焼付をしましたの。まだ不馴れで甘いところもありますけど……。遠賀野さんにさし上げてください」

「なんですか？」

「このカメラにはいっていたフィルムです」

秋子は紙袋を逆さに振って、中味をテーブルの上にひろげた。

四本に切りわけてホルダーにはさんだフィルムと、それを焼付けたと思われる手札判の白黒ポジが出てきた。

秋子は、それらの写真を一つに重ねて手に取った。

すべてが、風景や人物を撮った変哲もない素人写真だった。

「ほとんど私が撮ったものです。下手《へた》の横好きで、遠賀野さんにお見せしたら笑われるかもしれませんわ」

秋子は大して興も湧かないままに、一枚一枚見ていった。

その中に、秋子も見憶えのある被写体にぶつかり、ふと手を止めてそれに見入った。

「それは遠賀野さんが魚津へ帰られる七日の日にお撮りになったんですよ。この休憩室に置いてあるあの木彫りです」

そう言って、女将は北向きの窓のほうを指さした。

その窓際には、古い木彫りの人物像が立っていた。西洋人らしいデブで小男の等身像だった。どじょうヒゲをたくわえた口許と、ビヤだるのように丸く突き出た腹部に愛敬《あいきょう》があった。

「祖父が生前親しい骨董《こっとう》屋から買い求めたものなんです。あの有名なドンキホーテという小説に出てくるサンチョパンサという人の像だということですが、遠賀野さんはかなりの値打ち物だとおっしゃっていました」

女将は上体を秋子のほうに傾けながら、そう説明した。

ドンキホーテの忠実な従士、サンチョパンサなる小肥り男の木彫り像は、やや横向きの姿勢で左半面に黒っぽく写っていて、右半面には幼稚園の時計台がはいっていた。

室内からシャッターを切ったためか、窓越しの時計台は全体が少し灰白色にぼやけていた。

「遠賀野さんはここへきて新しいフィルムを入れたんですが、三枚しか写していないんですよ。それもみなこの休憩室で写したんです。残りのフィルムは自由に使っていいとおっしゃってカメラを私に預けていかれたんです。近いうちにまたこちらへ来る用事があるとかで……」

秋子は、サンチョパンサの写真を陽光にかざすようにして見入った。

窓越しに写し出されている時計の文字盤の針は、六時十五分を示していたのである。

この時計台の機械が故障していない限り、この写真は六時十五分にこの休憩室の中から撮影されたことになるのだ。

午後の六時十五分に石川県の寺井駅近辺にいた人間が、その日の七時ごろまでに東京にたどり着ける道理はなかった。

「あのとき、この休憩室で撮ったのは、そのほかには、この二枚だけです」

女将は拾い出した二枚の写真を、秋子の前に並べて置いた。

その一枚はやはり窓際のサンチョパンサの木彫り像で、残りの一枚には女将と三十歳前後の男が並んで写っていた。

女将は縞模様の和服を着て、少し神妙な面持でその男に寄りそうようにして写っている。男のすぐ横には、やはり木彫り像が写されてあった。

二枚の写真いずれにも、バックに幼稚園の時計台が収められていた。

「この方は、さきほどお話しした遠賀野さんのお知り合いの方です」

女将は写真の男を指さして、そう言った。

見るからに精力的な感じの男で、はだけた浴衣《ゆかた》からたくましい素肌がのぞいていた。

「こちらのサンチョパンサの木彫りは、実は私が写したものなんです」

女将はちょっと得意そうな口調で言って、その写真を眼顔で示した。

「よく撮れてますね。室内では、なかなかこううまくゆかないものですわ」

秋子は心にもない世辞を言った。女将はとたんに顔をほころばせた。

「私、昔からカメラに凝っていて、腕にもある程度は自信がありますのよ。休憩室から帳場に電話があって、写真を撮らないかって遠賀野さんに言われたとき、眼のまわるような忙しさも忘れて、夢中で飛んでいったくらいです。最初は遠賀野さんが窓際の木彫りを写し、私にも木彫りを撮ってみないかと言われてカメラを貸してくれたんですよ。なんだか遠賀野さんと腕を競うような気持になっちゃって、結果はあまり上出来とは申せませんわ」

女将が撮ったという二枚目の写真は、律子が撮った一枚目とほぼ同じアングルから撮影されていた。

右半面にやはり幼稚園の時計台がはいっている。文字盤の針は、六時十八分近くのところをさしていた。律子が木彫りを撮影してから三、四分後に撮影されたものと思われる。

「この三枚目のお二人が写っている写真は、誰が撮られたのですか？」

「遠賀野さんです。私のポーズが気に入らないらしく、ずいぶん注文をつけられましたけど」

その三枚目の写真は、やはり真正面のアングルから撮ったものだった。

バックにやはり時計台が写っていたが、文字盤の左半面が女将の頭のかげになっている。

つまり、ちょうど短針がその背後にかくされた恰好になり、右半面の文字盤だけが画面に薄く写し出されていた。

右半面に見えている長針は、文字盤の4の数字を少し回ったところを示していた。短針がかくれているが、二十二分ごろであることは間違いなかった。

秋子はホルダーの中のフィルムを陽光にかざしてみた。女将の言うとおりの順番に、フィルムの上端に1から3までのフィルム番号がはっきりと見えていた。

「遠賀野さんが、このホテルを出たのは、やはり六時半ごろだったんですね」

と秋子は言った。

「ええ……」

女将は、そのことには大して興味を示していない様子だった。

サンチョパンサの木彫りの写真を、秋子は女将に見せた。

「写真のバックに時計台が写っていますわね。時計の針は六時十五分をさしているからですわ。もっとも、この時計が正確に時を刻んでいればの話ですけど」

秋子は、そのことを確認したかったのだ。

「あの時計はいつも正確ですわ」

女将は、言下に答えた。

「あの幼稚園の園長さんは英国人なんですが、とても教育に熱心な方です。そして、時間というものにうるさい人なんです。時は金なり、を地で行くような人で、あの時計台もかなり無理をして建てたほどです。ですから、いつも園長さんは気を配っていらしたようですわ。朝の七時と夜の八時に、あの時計はかわいい音のオルゴールを鳴らすんですよ。つまり、園児が七時に起き、八時には寝るようにという園則奨励の意味からです。あの夜も間違いなく八時にオルゴールが鳴るのを聞いていますわ。あの時計が止まったりしたことなんて、まだ一度もありませんわ」

時計の針は正確に動いていた。

すると、遠賀野律子が六時二十分過ぎまでこの休憩室にいたことも事実として認めなければならない。

秋子は腰を上げた。

「じゃ、たしかにこのカメラは遠賀野さんにお返ししますから」

と言って思わず律子の顔を思い浮かべ、秋子は顔をしかめた。

ここまでのところでは、秋子の敗北はくつがえしようもない。

プラットホームで帰りの列車を待ちながら、秋子はホテルでの女将の話を反芻《はんすう》していた。

例の三枚の写真は、遠賀野律子のアリバイをはっきりと証明していたのだ。

秋子はその三枚の写真を、もう一度頭の中で整理してみた。

律子はフィルムの一枚目で、窓際のサンチョパンサの木彫り像を写した。バックに時計台がはいり、その針は六時十五分をさし示していた。

二枚目は、代わって女将が同じくサンチョパンサの木彫り像を写した。やはり時計台がはいり、その時刻は六時十八分ごろだった。

三枚目は、女将と旗波という男が窓際の長椅子に並んで写っていた。撮影者は律子だ。前二枚と同様に時計台はバックに見えていたが、文字盤の左半面が女将の頭のかげにかくれていた。右半面に長針が見え、それは4の数字を少し過ぎたところをさしていた。

一枚目が六時十五分に撮影されたものであることは、この写真で見るかぎり疑問はない。二枚目はその三、四分後。

三枚目はその三、四分後に撮影されたことは、バックの時計の針が示している。

つまり、この三枚の写真は、六時十五分から六時二十二分ぐらいの間に撮影されたことを示し、律子のアリバイは、だからこの写真の時計針によって証明されていた。

律子は意図するところがあって、時計台をバックに使用したのだ、と秋子は考えたかった。

律子は午後六時二十二分ごろまで石川県下の清景ホテルにいたことを、その写真によって証明したかったのだ。

律子を七日の午後七時前までに東京に運ぶ交通機関は、空路しかない。

秋子はバッグから小型の時刻表を取り出し、巻末近くの航空時刻表のページを開いた。

秋子のいる寺井駅と目と鼻の先の近距離に、小松市の金沢小松空港があるのだ。

秋子は、細かい数字を指先で追った。

金沢小松空港16時50分発のフレンドシップ機756便がある。東京着は18時5分。

空港を眼の前にした清景ホテルに一泊したことや、写真のバックに時計台を収めたのには、ちゃんとした目的があったのだ。

律子は16時50分発の756便に搭乗して、東京に着いていたはずだ、と秋子は確信した。

第二章　津久見伸助

八月四日

津久見はグラウンドの片隅の草叢《くさむら》に坐って、ボールの蹴り合いを眺めていた。サッカー試合はなかなかけりがつかず、ボールは泥にまみれて真っ黒になっていた。双方とも即製のチーム構成らしく、試合運びもどこかもどかしく、チームワークもそのユニホーム同様に乱れていた。

勤め先の大栄《だいえい》商事に金子《かねこ》仁男《きみお》を訪ねたのだが、ちょうど昼食の休み時間にかかったときで、金子は社屋の裏手にある社内グラウンドにいるはずだと受付の女の子は言った。

作家の金子仁男と一面識もなかった津久見は、どの男が当人なのか見当もつかなかったが、このメンバーの中に金子がまじっていることがちょっと意外であった。どの男たちの顔も真っ黒に陽焼けしていて、たくましい上半身と柔軟そうな四肢を持っていた。繊細な筆致だが、常にどこかうじうじと陰気くさい彼の作品のイメージから、青白い不健康な男という先入観を金子に持っていただけに、津久見は軽い戸惑いを感じた。

試合に決着がついた。

津久見は人づてに金子仁男を捜し出したが、眼の前に立った汗臭い男を見て今さらのように驚いた。四角ばって頑丈そうな顔をした、見上げるような大男だった。まだ童顔を残していたが、年齢は津久見とさして違わないはずである。金子は気さくに挨拶した。ランニングシャツの泥を払いのけながら、金子は低い声をあげた。

津久見が名刺を渡すと、金子は低い声をあげた。

「殺人レポートを書いている、津久見さんですね。あれは、なかなかおもしろいですな。達者なのに感心しています」

金子は、口許に人なつっこい笑いを浮かべていた。

金子は坂井正夫と同じ『推理世界』の新人賞受賞作家だが、いつのまにか風俗物に横すべりをし、現在その方面では流行児《うれっこ》の一人だった。

金子は、津久見をグラウンドの近くにある社内食堂に案内した。

食堂は社員たちで混雑していた。津久見たちはふちのかけた茶碗で、まずいコーヒーをすすった。

津久見の目的は、柳沢邦夫の七月七日のアリバイ調査だった。

首都文芸社に勤めている友人の佐々木三郎に調べてもらって、柳沢の当日の行動のあらましはわかっていた。

柳沢は七月七日の午前十一時ごろ、取材のためカメラマンを一人連れて栃木県小山《おやま》市に出かけていた。

取材が済んでから、柳沢はカメラマンをひきつれてそこから宇都宮まで足をのばし、市内にある実家に立ち寄ったというのである。

夫人は出産を二か月後にひかえ、以前から柳沢の実家に起臥《きが》していたそうである。

カメラマンはビールなどでもてなされ、四時ごろそこを辞去した。

柳沢は宇都宮の実家から、都内板橋《いたばし》にある信報社《しんぽうしゃ》という印刷所に電話を入れている。ちょうど雑誌『推理世界』の下版前の忙しいときで、編集者の大半が、印刷所の出張校正室に朝から詰めていた。

柳沢は電話で実家にちょっと立ち寄ったことを課員に話し、そのあとで金子仁男を電話口に呼び寄せたというのである。

金子仁男は編集者たちのいる出張校正室から二つ離れた部屋で、組み上がってきたゲラに赤字を入れていた。

書籍課で企画した風俗物の単行本で、発行を急がれていた関係で、金子は出張校正室にかり出されていたのである。

金子は夜の八時すぎに著者校正を終えて印刷所を出たあと、柳沢と会っていたことが佐々木の話からわかっていた。柳沢の電話の内容は、金子と落ち合う時間や場所を確認するためのものだった。

問題はだから、何時ごろ、どこで会っていたかだ。

確認したかったのはそのことだが、それをどう相手に切り出してよいものか津久見は迷っていた。

「津久見さん――」

と金子は呼びかけた。眼が、いたずらっぽく笑っていた。

「柳沢さんから聞いたんですが、坂井正夫君の事件をなにかお調べになっているそうですねえ」

「ええ、まあ。例のレポートのこともありましてね」

「そのことで、先だっても柳沢さんがつるし上げられたそうで、ちょっとお冠でしたよ」

「そうですか……」

こちらの意図を察知しているらしく、金子は意味ありげな笑いをつくっていた。

「今日見えられたのも、その柳沢さんの一件についてでしょう？　あなたがこられることは、柳沢さんの話からして予想してましたよ。あの日のことをお聞きになりたいんですな？」

金子は笑った。屈託のない言葉に、津久見も思わず苦笑した。

相手がゆっくりとコーヒーを飲みほすのを待って、金子は話を切り出した。

「あの日は、ひどい目に遭いましたよ、午後からずうっと印刷所にかん詰めにされましてねえ。もっとも締切を遅らせた罰かもしれませんがね」

金子は、快活な口調でそう言った。

「柳沢さんはあの日、宇都宮の実家に行っておられたそうですね？」

「そうです。実は以前から、あの日に柳沢さんと飲む約束をしてましてね。柳沢さんはそれを思い出して電話をかけてきたんです。柳沢さんとは飲み友だちなんですが、おたがい忙しい身で最近はとんとご無沙汰してましてね。そんなわけで、あの日は以前から予定していて、二人とも楽しみにしていたんです」

二人は仲のいい飲み友だちということだが、おたがいのどこに通じ合う点を見出したのか、津久見には不思議だった。

「柳沢さんと何時ごろお会いになったのですか？」

核心に触れる質問に、金子はちょっと真顔にかえった。

「たしか九時半ごろでしたね。あの日、電話での約束では黒磯《くろいそ》発の、上野に九時ごろ着く電車で宇都宮を発つとか言っていたんですが、途中で事故があったため遅れたんですよ」

「柳沢さんとは上野駅で会われたのですか？」

金子は津久見の思惑を察したらしく、軽く笑って首を振った。

「いいえ、会った場所は、上野広小路《ひろこうじ》にある『田舎屋《いなかや》』という行きつけの小料理屋ですよ」

宇都宮から上野までは、急行で約一時間二十分、鈍行なら二時間近くの道程である。

「九時に上野に着く電車なら、宇都宮を七時過ぎに発ったことになりますね」

半ば独りごとのように、津久見はつぶやいた。

「ええ、まあそうですね。けど、もしかしたら柳沢さんは、電話で言っていたあの電車には乗らなかったのかもしれませんよ」

「え？」

「さきほども言いましたが、あの黒磯からの電車は途中の無人踏切でトラックと接触事故を起こしたんですよ。柳沢さんを待ちながら、一人で飲《や》っていたとき、店のテレビにそのニュースが流れてきたんで、ちょっとびっくりしたんです。遅れてきた柳沢さんにそのことを聞いてみたんですが、柳沢さんはそのときなにか考えごとでもしていたみたいで、最初ぽかんとしていたようでした。ひょっとしたら、それよりか前の電車で着かれ、他に用事をたしていたんじゃないかと、そのとき思いました」

そのとおりだ、と津久見は心中でつぶやいた。

柳沢は、その黒磯発の車中の人ではなかったはずだ。

柳沢が乗っていたのは、七時前に赤羽《あかばね》に着く上り電車だったはずである。

「事故を知らなかったとは、ちょっと妙な話ですね」

と津久見は言った。

「いえ、知らなかったんじゃなく、そのことをうっかり度忘れしていたんでしょう。なにか別のことに気を奪われているみたいなところがありましたからね」

「なるほど」

「かりに、その電車に乗っていなかったにしてもですねえ……」

と金子は言って、いわくありげな表情で津久見を見た。

「柳沢さんは、六時過ぎまで宇都宮の実家にいたことは、間違いありませんよ」

「え？」

「六時二十分か三十分ごろでしたね、校正の仕事が一段落したところで、印刷所の交換台に頼んで、宇都宮の実家に市外電話をかけたんですよ」

「電話を――」

「その前に柳沢さんから電話があったとき、校正が八時ぐらいには全部終わりそうだと答えたら、じゃ、六時半ごろに一度宇都宮のほうに電話をくれないかと言われ、詳しい時刻をそのときに決めようということになったんですよ」

「柳沢さんはその電話に出たんですね？」

「もちろんです。最初は奥さんが出たんですが、しばらくすると柳沢さんに替わりました。柳沢さんは宇都宮を七時ごろの電車に乗るから、九時ごろ『田舎屋』で会おう、とそのとき言っていました」

「相手は、間違いなく柳沢さんだったんでしょうね？」

金子はぎろっとした眼を細めて、静かに笑っていた。

「声を聞き違えるはずはありません。ついでだから申し上げますが、電話番号を書きつけたメモをどこかに失くしてしまって、仕方なく交換手に調べてもらったくらいですからね。先方が宇都宮市にある柳沢さんの実家であったことは間違いありませんよ」

津久見は無言のまま、相手の角ばった顔を見つめていた。

柳沢が六時半まで宇都宮にいたとしたら、電話を切った直後に電車に飛び乗ったとしても、東京に着くのは八時をまわった時刻になってしまうのだ。

詳しくは時刻表を繰ってみなくてはわからないが、宇都宮—東京間をわずか三、四十分の短時間で走破する列車は、まず考えられなかった。

金子はちょっと腕時計を気にするような素振りをしたが、すぐに明るく笑って津久見に煙草をすすめた。

「坂井正夫君とは、まあ、同じ受賞作家同士という関係もあって、生前は親しくしていましてね」

と金子は話題を移した。

「あなたのお名前も彼から聞かされたことがありますよ。彼もあのときは、たしかに精神的に追いつめられていたと思いますが、しかし、実際ばかな真似をしたものです、盗作だなんて——」

「同感ですね」

「編集部へ渡す前に、坂井君は一度その原稿を私のところに持ってきましてね、読んでくれと言うんです。金釘《かなくぎ》流の読みにくい原稿でしたが、眼を通してみると、なかなかおもしろいんですよ。私は本格推理が大して好きではなかったし、その方面の作品も読んでいなかったので、その原稿が瀬川恒太郎の盗作だなんてもちろん気づきませんでしたから、かなり賞《ほ》めてやったくらいです。坂井君はそのとき、たまには環境を変えて書くのもいいもんだ、なんてぬけぬけと言っていましたがね」

「たしか、六月の下旬ごろ、群馬県の四万温泉で書き上げたものらしいんです。電話でそんなことを言っていました」

「四万温泉？　ああ、じゃ、その旅館は、くるな旅館だったかもしれませんね」

「くるな……」

奇異な名前に、津久見は聞き耳を立てた。

「ええ。坂井君あてにそのくるな旅館から暑中見舞だか年賀状だかがきていたのを、彼の部屋で見たことがありますよ。来るな、なんて変わった名前だったんで、いまでも憶えています」

くるな（来るな）とは、いかにも人を食った宿名だと津久見も思った。

「ところで、金子さんは坂井君の死をどうお考えですか？」

津久見は訊ねた。金子は太い腕をゆっくりと組んで、胸許に置いた。

「自殺だと思いますね」

「自殺の原因は、やはり創作上の行きづまりだったと？」

「他には考えられませんね。故人を悪く言うことになって気がひけますが、その死に方にしても、いかにも坂井君らしい芝居がかったものだと思いますよ。なんかの雑誌にもちょっと書かれていましたが、編集長に一矢報いたりしたところなども、やはり坂井君ならではという気がしました。坂井君は陰気に人を恨みつづけるようなところがありましたからねえ」

「しかし、自殺するのなら、その盗作が雑誌に発表されてからでも遅くはなかったと思いますがね。ことに仕返しが目的だとしたら、そのほうが理にかなっているように思うんですよ」

「なるほどね。でも坂井君は、いわば、はったり屋でしたからね。人を食った言動とはうらはらに、気の弱い男だったでしょう。盗作が採用されてみたものの、その破廉恥《はれんち》な行為が眼の前で裁かれるのは、やはり彼には耐えられなかったのかもしれませんよ」

「なるほど……」

「津久見さんは、他殺説に固執されておられるようですが、なにか根拠でもおありなんですか？」

津久見は言いよどんでいた。

金子の顔から笑みが消え、射るような視線が津久見に当てられた。

「そりゃ、たしかに柳沢さんは――」

と、やがて金子は言った。

「妹さんのことで坂井君を恨んでいたかもしれません。しかし、柳沢さんみたいな臆病な人間に人殺しなんてできるわけがありませんよ。柳沢さんにしてみたら坂井君の作品を意識的に没にするぐらいが、関の山だったんですよ。受賞できたほどの力量を持った作者が、一年近くも作品を没にされたなんて、ちょっと常識じゃ考えられないことですからねえ」

先刻から本社屋のほうで、始業のベルが鳴っているのを津久見は耳にしていた。

休憩時間をじゃましたことを相手に詫《わ》びて、津久見は大栄商事の玄関を出た。

陽の照りつける舗道を少し歩みかけたところで、誰かに声をかけられているような気がして、津久見は振りかえった。

金子仁男の大きな体が、大栄商事の玄関に立っていた。

「忘れ物ですよ」

金子の手には、津久見の名刺入れが握られていた。金子の名刺を収めたさい、そのままテーブルの上に忘れてしまったのだろう。

「こりゃ、どうも」

金子は名刺入れを返したあとも、なにやらいわくありげな様子で、その場につっ立っていた。

「変なきっかけから、いまふと思い出したことがあるんですが……」

「なんですか？」

「坂井君のことなんですが、例の原稿は四万温泉で書かれたとかおっしゃってましたね？」

「ええ」

「で、それは六月の下旬ごろだったとかおっしゃってましたね？」

「ええ。最後の電話で話したとき、彼はそう言っていたはずですが、それが、どうかしたんですか？」

「いえ、ちょっと妙なことが……いや、私の思い違いでしょう。そんなはずはない」

「なんですか、いったい？」

「いや、たいしたことじゃないんです」

金子は陽焼けした顔をひとなでにすると、手を振って社屋の中に姿を消した。

津久見はぼんやりとその後ろ姿を見送っていたが、やがてきびすをかえすと、陽光の中を大またに歩き出した。

第三章　中田秋子

八月七日

秋子は九時過ぎまで寝床で新聞を読んでいたが、課長の倉持の顔を思い浮かべ、床から起きあがった。倉持に電話を入れておこうと思ったのだ。

以前ならば、そんな連絡はすべて妹の聰子《さとこ》に任せていた。

妹が大阪営業所勤務になってこの部屋を去ってからは、多くの点で支障をきたすようになった。

しかしなによりもこたえるのは、月二万円の家賃を一人で払うようになったことだ。

倉持はしばらくしてから電話に出たが、秋子だとわかると、よそゆきの声がすぐに消えた。

「一日休みますから、あれで……」

「え、なに？」

倉持は、追いかけるように聞きただした。

倉持が女子課員の生理休暇日をひそかに一覧表にチェックしているという噂を、秋子は聞いていた。倉持ならやりかねないことだった。

「生理休暇――」

秋子は小声で言いなおした。

倉持の声がすぐに返ってこないので、秋子は思わず気を苛立てた。

「せ、い、り、休暇をもらいます」

「ああ、生理……」

戸惑った声が、受話器に大きく聞こえてきた。

顔を赤らめうろたえている倉持を想像すると、幾分気が晴れた。

「わかりました。で、仕事のほうはどうかしらね？」

「別に、今日どうこうっていう仕事はないはずよ」

急ぎの仕事は二つ三つあった。その処理を気にかけていたら、休暇などとれない。

倉持がさらに未練がましくそのことを言い続けるので、秋子は適当に聞き流して電話を切った。

秋子はまた寝床に寝そべり、読みかけの新聞をひろげた。
五、六分もしたころ、玄関のブザーが鳴った。
ドアののぞき窓から見ると、二階の森田《もりた》かつ子の肉づきのいい顔があった。

秋子はネグリジェ姿のままで、ドアを開けた。

かつ子は寝不足のせいか、眼が薄く充血していた。察するところ、昨夜はかなりひどかったんだな、と秋子は思うと、笑いがこぼれそうになった。昨夜遅く帰ってきたとき、森田の部屋からかつ子の金切声が聞こえていた。

「今日、お休みだったの？」

かつ子は秋子の視線を意識してか、照れ笑いをした。

「夕べもやっちゃったのよ。もうとことん愛想がつきたわ」

夫婦喧嘩《げんか》の原因は、決まって森田恵造《けいぞう》の女遊びだった。亭主も浮気者だが、かつ子とて五十歩百歩であることを秋子は知っていた。かつ子がマーケットの若い店員を部屋に引っぱり込んでいるという噂は、まんざら嘘でもなさそうだった。

秋子は、微笑しながら相手のぐちを聞いていた。

かつ子の手に握られている白い書状封筒のほうに注意が行っていた。

「それ、私あてのかしら」

「あら、うっかりしちゃって。いま郵便受を見に行ったら、間違えて私のとこにはいっていたのよ。団地の奥さん連中がアルバイトに配達してるせいか、近ごろよく間違えるわね。でもね、中田さん――」

かつ子は周囲をはばかるような眼差になり、声を落とした。

「私のとこの郵便受でよかったわよ。これが六階の佐久間《さくま》さんのとこだったりしたら、大変だったわよ」

「あら、どうして？」

話に興味はなかったが、身をすり寄せるようにして語りかける相手につられ、秋子は先を促した。

「佐久間さんの奥さんって、あんなきれいななりしてるけど、デパートで万引してつかまったことが二、三度あるんですってよ。つまり盗癖があるらしいのよ。あの奥さん、しょっちゅう郵便受をのぞいているようだけど、なんだか怪しい気がするわ。団地には、他人の郵便物を無断で開封する人がいるなんて週刊誌に書いてあったけど、あの奥さんならやりかねないと思うわ。郵便物から人の秘密をさぐろうとするなんて、いやな趣味ね」

「知られて悪いようなことなんてないから、私は平気だわ」

佐久間夫人の噂は、それとなく小耳にはさんではいた。見るからに陰気な感じの女で、悪癖の噂もまるで根も葉もないことではなさそうな気もした。

秋子は適当なところで相手から郵便物を受け取り、ドアを閉めた。

流麗な毛筆の表書きを見て、秋子には差出人が遠賀野律子だと察しがついていた。

律子に手紙を書いたのは四日前だった。その返事が、こんなに早くくるとは想像もしていなかった。

下手をすると、律子にそれを握りつぶされるのではないかとさえ心配していたのである。

封筒から出てきたのは四、五枚の便箋だった。細かい毛筆書きの文字が、びっしりと埋まっていた。

謹復
過日はご遠路をわざわざお越し下さいましたのに、なんのおもてなしもできず、失礼いたしました。

この度はまたさっそくのお手紙で恐縮いたしております。

推理小説でも読むような愉快なお手紙、とても興味深く拝読いたしました。

お返事を認《したた》める必要もないものと考えましたが、それではやはりあなたの意にそわぬでしょうし、また、わざわざカメラをご返送下さったお礼も申し上げねば失礼と存じ、悪筆ながら筆を執りました。

一つには、あなたの考えをはっきりと訂正いたしたい所存からでもございます。

あなたがやはり、誤った考えをいまだ持ち続けておられるからです。

あなたはお手紙の中で、あの写真は七月七日ではなく、前日の六日、あるいはそれ以前に撮ったものだと決めつけておられましたね。

私が清景ホテルに着いたのは、七月六日の夕方、だから幼稚園の時計が六時十五分になるのを待って一枚目のシャッターを切った、とあなたはまずお考えになったのですね。

そして、二枚目の女将が撮った写真は、やはり私が前日の六日に撮影したもので、カメラに細工がしてあったので、女将はシャッターを切ったつもりでも、実はなにも写していなかった、シャッターは切られていなかったとあなたのお手紙には書かれておりました。

率直に言わせてもらえば、あまりに単純な考え方にいささか失望いたしました。これでは、ちゃちな推理小説にもならないと思います。

あなたのカメラ知識の貧弱さにも、あきれる思いがします。

いまどきのカメラは、シャッターボタンを押した瞬間に、フィルムは自動的に巻き上がるように装置されているんですよ。私が前日の六日に二枚撮影しておいたとしたら、フィルムは自動的に三枚目に巻き上がっているということです。

それに子供ならいざしらず、女将はカメラマニアなんです。そんな小細工が通用するとは、とても考えられません。

まあ、それはともかくとして、あなたはまだ肝心なことをお知りになってないようですね。

私があんな高級カメラを部屋に置きっぱなしにしていた、とでもお考えだったんですか？　あのカメラはホテルに着くとすぐに、貴重品袋と一緒に、帳場に預かってもらっていたのです。

翌日、帰り支度をするときまで、私がそのカメラには指一本触れていないことは、帳場の番頭さんが証明してくれるはずです。

また六日より以前に（あのホテルには六月二十三日にも一泊しています）撮影されたものでないことも、次の事実によって簡単に説明することができます。あのカメラにはフィルムを入れていかなかったんです。

休憩室で撮影するとき、私はカメラ好きの女将を呼んで、帳場から二十枚どりのYフィルムを一本買ってもらったんです。それに、そのフィルムを装塡《そうてん》したのはこの私ではなく、女将なんです。

これで、前日の六日、またはそれ以前に撮影されたというあなたの考えが、いかに的はずれなものかはおわかりいただけたと思います。

あの三枚の写真は、七月七日午後六時十五分から撮影されたものなんです。

一枚目は私が窓際のサンチョパンサを写し、二枚目は女将が私の真似をして、やはりサンチョパンサを、そして旗波さんと女将を私が撮ったのが三枚目の写真です。

写真を撮ったあと、私は帰りの列車の時刻まで時間があったので、自分の部屋で休んでいました。

ホテルを発ったのは七時近くでした。私がホテルから飛行機で東京に飛んだなんてことは考えるだけ無駄なことです。

金沢小松空港発東京行の最終便は四時五十分発の756便。

六時十五分ごろ、ホテルでカメラを構えていた私が、その飛行機に乗っているわけがありません。

三枚の写真がその事実をはっきりと証明しているではありませんか。

蛇足になるかも知れませんが、生け花展の会場で会った旗波さんも、私のアリバイを立証してくれるはずです。

旗波さんの住所を知りたいとのことですが、彼は富山市の大河内造船の社長秘書をしていますので、会社の方へ連絡なさったらよろしいでしょう。

最後に、私に変な疑いを持たれるのは、このさいきっぱりとおやめいただくよう繰りかえしご忠告申し上げます。

あの隆広の事件を、そんなふうに考えること自体、馬鹿げた妄想としか言いようがありません。

もうお会いすることもなかろうかと思いますが、小生意気なあなたのお顔は、当分忘れられそうにありません。

かしこ

八月十一日

秋子の富山市出張計画は少し難渋《なんじゅう》したが、結局は部長の決裁で許可された。難渋したのは、担当課長の倉持が出張申請書になかなか許可印を押さなかったからだ。急を要する仕事ではない、というのが、倉持の言い分だった。

たしかに、今日明日を争うという仕事ではなかった。富山市立中央病院の病院長に五十ページほどの校正刷《ゲラ》をその場で読んでもらうだけの仕事なのだ。

速達便で校正往来をしても、充分に間に合うことは秋子にもわかっていた。それを、製作日数がないという理由で強引に押し切ったのである。

秋子は富山市の大河内家を訪ねてみたかったのだ。

そのために有給休暇をつぶすことは、最初から念頭になかった。自費をはたいたのでは家計に大きく響く。仕事にかこつけて経費を会社持ちにさせる以外、秋子は納得のいった方法を思いつけなかった。

秋子は、羽田《はねだ》空港から8時50分発の富山行の全日空機に搭乗した。妹が全日空の大阪営業所に勤務しているので、その家族優待券が使用できるのである。

空の旅は万が一の危険を危惧《きぐ》しないでもなかったが、鉄道の旅費をまるまる浮かせる魅力はやはり大きかった。

富山空港まで約二時間。

オリンピア機は十時四十分ごろ目的地に到着した。

富山駅までバスで出て、市の郊外にある病院までは駅前からタクシーを飛ばした。

病院長の前塚幹夫《まえづかみきお》は、温厚そうな初老の紳士だった。

相手は待ちかねていたらしく、秋子を傍の椅子に坐らせると、さっそくゲラを読みはじめた。

ゲラを読み終わるまで、秋子をそこに待たせておくつもりらしかった。

しばらくすると、相手は眼鏡を上げて秋子を見た。

所在なげに坐っている秋子を気の毒に思った様子である。秋子はそんな思惑にすかさずつけ入り、市内見物の許しを得た。

午後までには校正しておくよ、と言って病院長は市内の主な名所旧跡を秋子に説明した。

大河内の家は、富山市内の神通川《じんづう》ぞいにさかのぼった磯部《いそべ》町という所にあった。

家のすぐ近くに桜の名所として有名な磯部堤がつらなり、その下流に富山大橋が見えていた。

東南の方向に、峻険《しゅんけん》な立山連峰が市街に迫りくる感じで全貌をさらしている。

秋子はお手伝いさんが去ったあと、応接室の窓際に寄って神通川のゆったりとした流れを眺めていた。

武家屋敷を思わせるような古い格式のある家だった。応接室は広い庭に面していて、手入れの行きとどいた白砂が池の周囲を回《めぐ》っていた。

家全体が静寂におおわれていて、家人の気配も感じられなかった。
五、六分も待たされると、背後の障子が静かに開いた。
和服姿の痩せた女が、伏目になって立っていた。生気のない顔は、どこか老いて見える。

「大河内の妻、真佐子《まさこ》と申します」

女は正面に坐って一礼した。

「東京の正夫さんのことで、お見えになられたとか聞きましたが……」

遠賀野律子の実姉だが、律子からこの姉をたがわず想像することはむずかしい。

顔の輪郭は丸く、その点は律子に通じていたが、その道具立ては貧弱だった。

細い眼と小さな鼻から受ける感じは弱々しく、律子のような強烈な印象を欠いていた。

「妹さんの律子さんにも先月お会いしましたが」

挨拶のあとで、秋子は言った。

「律子に？　そうですか」

律子に似て、その口調は落ち着いていた。だが律子のように冷たい感じはなく、どこか人の好さを思わせるおっとりしたところがあった。

秋子は、手短に坂井正夫と自分の関係を説明した。

坂井の名が出ると、真佐子はなぜか細い眼をきらきらさせた。

「正夫さんとは、あの人が大学生だったころからの知り合いです。正夫さんは富山大学に通っていらして、従兄弟《いとこ》たちの家庭教師をしてくださいましたの。学校を終えて東京の会社へ就職されてからも、年に一、二度はここを訪ねてくださいました。会社勤めが性に合わないらしく、なにか商売でも始めたいって、よくおっしゃっていましたわ」

真佐子は微笑《ほほえ》みを浮かべながら、ゆっくりと喋った。どこか弱々しい感じの笑顔だった。

「で、正夫さんがどうかなさいましたの？」

真佐子はなにも知らない様子だった。

「坂井さんは亡くなりました」

秋子は早口にいった。

瞬間、真佐子の眼がつり上がって見えた。口許が小さく震えるように動いた。

激しい衝撃が真佐子の細い全身を捉えていることは、秋子にもわかった。

蒼白にひきつった顔を見て、失神するのではないかとさえ思った。

「正夫さんが亡くなった……」

なにかを呑み込むような口調で、真佐子は途切れた声を出した。

「先月の七日の夜、アパートの部屋で毒を飲んで亡くなったんです」

「毒を飲んで……じゃ、正夫さんは自殺なさったんですね……」

真佐子は陽の照りはえるほうに、静かに視線を置いた。

膝の上の細い指が、小刻みに震えているのを秋子は見た。

そして反射的に、坂井の死を平然と聞き流していた律子の白々しい顔を思い浮かべていた。

真佐子はその死を、ある深い感情を持って受け止めているのだ。

「なぜ、なぜ自殺なんか……」

真佐子の横顔から濡れて光るものが伝わり落ちた。

そのとき真佐子は涙の顔に、新たな表情を浮かべて秋子のほうへ振り向いた。

「じゃ、隆広は……隆広は……」

真佐子はそうつぶやいたのだ。

秋子は、その短い言葉をはっきりと耳にした。

秋子が思わず聞きただそうとすると、真佐子は、はっとしたように身を引いた。その視線から逃れるようにして、ハンカチを眼許に当てた。

「隆広さんって、行方不明になられたお子さんでしたわね。隆広さんがどうかなさいましたの？」

「い、いいえ別に……なんでもないんです」

「私がおじゃましましたのも、実はその隆広さんのことについてなんです」

「隆広のことですって……」

真佐子は居ずまいを正し、怯《おび》えた眼を秋子に投げた。

「隆広さんは、やはり誘拐されたんだと思いますわ」

秋子は言った。

「でも奥さんは、どうお考えになっておられるのかしら？」

「私は……今でも判断のしようがないんです……」

「一歳の隆広さんが一人でどこかへ行ってしまうはずがありません。人の手にかかったことは間違いないと思います。身代金を要求しないからって誘拐じゃないとは言い切れませんわ。ご夫婦に怨恨《えんこん》を持つ者のいやがらせの仕わざとも考えられますわ」

「人様に恨みを持たれるような覚えはなにもございませんわ、私も主人も――」

「妹さんの律子さんは、なにか恨みを？」

「律子――？」

「そうです」

「まさかあなたは、律子が隆広を――」

真佐子の眉が逆立った。

「考えてみたことございません？」

「まさか、そんな……」

真佐子はなにかを恐れるように、忙しく首を振った。

「そんな馬鹿なこと……」

秋子は、坂井正夫が大金を受理していたことから話していった。

真佐子は、身じろぎもせずに聞き入っていた。

「そんな……そんなこと、とても考えられませんわ。律子と正夫さんが一緒になって隆広をかどわかしたなんて」

「信じられないことかもしれませんわね。でも、いま奥さんのお言葉を聞いて、もっと奥深い事実がわかったように思うんです」

「奥深い事実？　なんのことでしょう？」

秋子は自分の中にまとまりかけた事件の背景を、言葉に出してみたかったのである。

「それは、隆広さんの誘拐に奥さん自身も一役買っているということですわ」

「私が――」

と言って、真佐子は絶句した。顔から血の気が引いた。

「奥さんはさっき、坂井さんが死んだと知って驚かれましたが、そのあとで、隆広さんのことを口にされましたわね。その言葉の意味を、坂井さんが死んだ、じゃ隆広はどうなったのか――というふうに私は受け取ったんです」

「そんな……それはあなたの勝手な想像ですわ……違います」

「つまり、坂井さんが隆広さんをどこかに預かっていたんではないかと解釈できるんです。そのことを奥さんは知っておられた。だから隆広さんの安否を気づかったんですわ。今にして思えば、律子さんが坂井さんに渡したお金は隆広さんの養育費かなにかだったのかもしれませんわ。奥さんと律子さん、それに坂井さんの三人が共謀して、隆広さんをどこかへ連れ去った――違ってるかしら？」

「あなたは、いったい――」

「肝心な動機はまだわかりませんが、わが子をそんな目に遭わせなければならなかった事情には、きっと深いものがあったはずですわ。そして、その秘密は絶対に守らねばならなかったのは当然のことだったでしょう」

「――」

「主謀者は共犯者の口を完全に封じなければ気が休まらなかったと思うんです。つまり、この場合の主謀者とは――」

「私が、私が正夫さんを殺したっておっしゃりたいんですの？　誤解です。なにもかもでたらめですわ」

真佐子は彼女なりに激昂《げっこう》していた。

「でも、坂井さんの死と奥さんは関係ないかもしれませんわね。坂井さんの死を本気で悲しんでおられた。その死を知っていれば、隆広さんのことを心配する言葉なんか口から出てこなかったはずですものね」

短い沈黙があった。

真佐子はやがて、蒼ざめた顔をゆっくりと上げた。

「いったい、なにが目的ですの？　隆広の事件をずいぶん勝手な想像でほじくりまわして、なにか得することでもありますの？」

と真佐子が言った。皮肉をこめた言い方には、どこかぎこちなさが残った。

秋子がいいかけようとしたとき、入口の障子に人の気配がした。

男の咳払いを聞くと、真佐子ははじかれたように腰を浮かした。

「だれ？」

「旗波です。失礼します」

声と同時に、障子が開いた。

三十歳前後の体格のいい男が、鴨居《かもい》の下に背をかがめるようにして立っていた。

角ばった浅黒い顔を一目見たとき、秋子は思わずはっとした。写真の中の男だったからだ。

遠賀野律子と同じホテルに宿泊していた写真の男と、こんな場所で対面するとは考えてもみなかった。

秋子は旗波に軽く会釈した。

相手も黙って挨拶を返したが、黒光りのする眼が迫るように秋子に注がれていた。

秋子はふと、旗波が障子のかげで立ち聞きしていたのではないかと思った。

「奥さん、ご来客中のところ恐縮ですが、仕事のことでちょっとお話が——」

容姿にふさわしい重みのある声で、旗波三郎は言った。そう言うと、旗波はすぐに背を向けて廊下のほうに姿を消した。

「ちょっと失礼します」

と言い残して、真佐子は男のあとに続いた。

しばらくしてから、真佐子はもどってきた。

秋子の前に坐ると、小さな紙片をテーブルの上に置いた。小切手だった。

「些少《さしょう》ですが、なにかにお役立てください」

と真佐子は言った。

秋子は自分の推測が的《まと》を射たものだったことに満足を覚えながら、すばやく小切手の数字を読んだ。三十万円である。

「このことは、ご主人もご承知なんでしょうか？」

「いいえ」

真佐子はやや平静さを取りもどしていた。

「主人は留守です。今、ドイツに滞在中ですわ。これは私個人のお金です」

「お金持ですのね」

「これで今度のことは忘れていただきたいんです。お断わりしておきますが、私やましいことなんてこれっぽっちもしていません。でも、根も葉もないことでも、世間ざたになるのは困るんです。いいえ、私個人のことではなく主人の立場を考えての話ですわ。私の前に二度と現われないことと、そんなでたらめを他言しないことをお約束してくださいますわね？」

「これはお返しします」

秋子は小切手を一度指先で弄《もてあそ》び、真佐子の前に置いた。

「少ないとでも……」

「金額の多寡《たか》はともかく、まだお金をいただく段階ではないと思うんです」

「では……」

「まだこの事件から手を引こうとは思っていません。坂井さんの死が未解決のままですもの。お金はそれからいただいても遅くはありませんわ」

「――」

「他言はしないとお約束します」

真佐子の困惑に歪んだ顔を見据えながら、秋子は立ち上がった。

表門へ続く砂利道に、午後の陽が白く反射していた。秋子は立ち止まって、額の汗を拭《ぬぐ》った。そのとき、秋子の行手を黒い大きな犬がゆっくりと横切った。

木陰から現われたのは、先刻の旗波だった。

旗波は秋子に微笑みかけながら、犬の手綱をたぐった。

黒毛の秋田犬は前進の動作をすぐには止めようとしなかった。荒い息遣いをして、四肢で砂利を蹴散らしていた。

「もうお帰りですか?」

犬を一喝しておいて、旗波は声をかけた。

青地の麻の開襟シャツが、がっちりとした体軀によく似合っていた。

獰猛《どうもう》そうな黒犬が気になって、秋子はつい逃げ腰になっていた。

「東京の方だそうですね。私も会社の用事で月に二、三度は上京します。社長が外国へ行ってるんで、なにかと忙しいんですよ」

「旗波さんは――」

秋子は犬の傍をすばやくすり抜けると、門柱を背にして旗波と向かい合った。

「たしか、お花にご趣味をお持ちでしたわねえ」

「いやあ、まだほんの遊び程度のものですよ。ここの社長夫人の妹さんから手ほどきしてもらったんですけどね、腕のほうはさっぱりです」

旗波は白い歯を見せて笑った。態度が世馴れていて、嫌味がない。

「あのときも、遠賀野さんとご一緒でしたわね」

「あのとき、とは？」

「先月の七日ですわ？」

「七日……ああ、小松市でのことですね。しかし、よくご存じですね、会場でお会いしてましたかな？」

「寺井の清景ホテルのほうで——」

「ああ、そうでしたか。気がつきませんでしたが……」

「遠賀野さんはあの日、小松空港から五時ごろの飛行機で東京に行かれましたわね」

「飛行機で東京に？　いや、そりゃなんかの間違いでしょう。律子さんは七時ぐらいまでホテルの部屋で休んでおられましたから」

「でも、空港でお姿をお見かけしましたわ」

「人違いですよ、きっと」

旗波は手綱をたぐりながら、明るい口調で言った。

「すると、律子さんが言っていた東京の女探偵っていうのは、あなたのことだったんですね。いったいなにを調べているんですか？」

あいまいな笑いを返事にして、秋子は旗波に背を向けた。

旗波は秋子の背後から、犬に引きずられるようにしてついてきた。

門を出ると、先導の犬は秋子とは逆の方向に旗波を誘った。旗波のかん高い叱声《しっせい》が、秋子の背中に聞こえていた。

旗波がこの事件でどんな立場にいるのかを、秋子は考えていた。

第四章　津久見伸助

八月十五日

津久見は『山岳』編集部の小暮正次《まさつぐ》を送り出すと、書斎にもどった。来客用のテーブルの灰皿に小暮の吸いさしが乱雑に散らばっていた。

津久見はソファに坐り、煙草ケースからピースをつまみ上げた。少し気持が高ぶっているせいか、ライターがうまく点火しない。

小暮に脱稿した七十枚の原稿を手渡したばかりである。

小暮は驚くべきスピードでそれを一読すると、津久見を見て深くうなずいたのだった。

「しっかりした作品ですね。構成もおもしろいし、なによりも山岳《やま》という背景がよく生かされているのがいいですね。お願いしたかいがありましたよ」

と小暮は言ったのだ。

力いっぱい書き上げたと思っていただけに、その言葉はうれしかった。

単なるその場つなぎのお世辞でないことは、続いて次号に短編を依頼されたことからしても明らかだった。

反響しだいでは、隔月の割合でお願いするようになるかもしれない、とも小暮は言った。

「レポート作家のままでは惜しいですよ。これからは、ちゃんとした推理小説を書いてもらわなくっちゃ」

小暮は眼を細めて笑った。

この機会に、もしかしたら這い上がれるかもしれない、とそのとき津久見は思ったのだった。

津久見は煙草を消すと、机の前に坐った。過日依頼された『週刊東西』の殺人レポートの執筆が、そのままになっていたのだ。

担当の唐草太一からなんの催促もないのをいいことに、書きかけのレポートは抽出にほうり込んだままになっていた。

津久見は四、五行書き進んだところで、万年筆を投げ出していた。気が乗らず、神経が集中できなかった。

今回のレポートは断念しようと思った。

唐草があれからなにも言ってよこさないのは、それなりの理由があるように思えた。

津久見クラスのレポーターは、掃いて捨てるほどいるのだ。かねてから陣容刷新をそれとなく津久見にもにおわせていた唐草には、それを実行に移すまたとない機会のはずだ。おろされるのは、容易に想像できることだった。

そうとわかっていて、書きたくもないレポートに時間を費やすことはないと津久見は思った。

津久見は台所の母に、散歩に出かけると断わって家を出た。首都文芸社の柳沢邦夫に会おうと思ったのだ。

殺人レポートとはまったく無関係な立場で、津久見は坂井正夫の事件を考えるようになっていた。

首都文芸社の小綺麗な受付で、柳沢に会いたいと伝えると、受付の若い女は内線ダイヤルを回し、

「編集長に、津久見さんがご面会です」

と言った。

柳沢の編集長昇格を、津久見はこのときはじめて知った。

それは柳沢にとって、長年悲願のポストだったはずである。

津久見は二階に案内された。そこには長く廊下が走り、その左右の部屋が会議室と応接室になっていた。

柳沢邦夫は、むっつりとした顔で部屋に現われた。

新幹線での一件を彼が根に持っていることは、その表情からも察せられる。

「編集長になられたそうで、おめでとうございます」

と言って、津久見は相手の反応をうかがった。

柳沢は軽くうなずいただけで、黙っていた。その表情はいくらかやわらいでいた。

「ところで、ただお祝いを言うために私を訪ねてきたんじゃないんだろう？」

「ついでに、先日の調査の結果などもお耳に入れておきたいと思いましてね」

「私のアリバイは、どうだったね？」

「あなたが、七日の午後六時過ぎまで宇都宮市にいたことは、いまのところ、はっきりしているようです」

「ほう――」

気のせいか、柳沢の顔は明るいものに見えた。

「東京へもどる列車に、宇都宮発17時20分の『日光2号』という急行がありますが、それ以後の電車では、七時前には東京にもどれません」

「うん」

柳沢は、はじめて笑顔を見せた。

「つまり、アリバイ成立ってわけだな。推理作家の君が証明するんだから、こんなたしかなことはない」

「しかし、柳沢さん。あなたのアリバイは、六時半ごろ金子仁男さんが宇都宮に電話を入れたとき、その電話にあなたが出られたことで成立しているわけですが、だからといって、それだけでは、その時刻にあなたが宇都宮にいたという証明にはならないと思うんですが」

柳沢の顔から笑いが消えた。

「なぜだね？」

「宇都宮の実家にいなくても、あの金子さんの電話に出ることができたかもしれないからです」

「ばかな。不可能だよ、そんなことは」

津久見は信報社印刷所の交換手にも直接当たってみて、当日のことは調べてあった。交換手は宇都宮の柳沢の実家の番号を調べて、金子につないでやったことに間違いはないと言った。交換手も退社間ぎわの時刻だったせいもあり、そのことははっきりと憶えていた。

そうなると、柳沢が別の場所から金子の電話に出たと考える以外に、打開の道はなかった。

津久見はあれこれと考えたが、一つだけ合理的な方法があることに、気づいていたのである。

「柳沢さんはあのとき、信報社印刷の部屋にいて、金子さんの電話を取ったんじゃないですか？」

津久見は自分の考えを、思い切って口に出してみた。

「信報社にいたって？」

柳沢は動じる様子もなかった。

「信報社にいて、どうやって電話に出たって言うのかね」

「親子電話ですよ」

「親子電話？」

「つまり、金子さんの電話とどこかの部屋の電話が一本のコードでつながっていたとしたら、金子さんの電話に自分の声を流すことができたはずですよ。宇都宮にいる奥さんが受話器を取り、あなたを呼びに行っている間にでも、金子さんと話ができたはずです。信報社に問い合わせたところ、おもしろいことがわかりましたよ。金子さんがいた4号室と斜め向かいの6号室の電話は、親子配線になっていたんですよ。それに当日は、6号室は使用されていなかったんです」

「おもしろい着眼だが、やはり机上の空論だね。私が宇都宮を離れて、信報社の出張校正室にいたという証拠がないかぎりはね」

その反論は、予期していたものだった。

宇都宮を六時以前に発っていたという証拠が見つけ出せぬかぎり、単なる想像の域を出ないのだ。

「念のために確認しておきたいんですが、あなたが宇都宮から乗られたのは何時の電車だったんですか？」

「黒磯発の各駅停車だったな。たしか宇都宮を七時何分かに発車する電車だった」

「正確には19時17分発です。時刻表の上では、上野着が20時57分ですが、当日はどうでしたか？」

「どう、とは？」

「遅れませんでしたか？」

柳沢は、ふと視線をはずした。

「そのことか。上野に着いたのは九時半ごろだったな。途中で事故があってね」

「どんな事故だったんですか？」

「踏切事故だ。しかし、君、その事故と私のアリバイとどんな関係があるというのかね？」

「あなたは金子仁男さんにその事故のことを聞かれたとき、返事の仕方があいまいだったそうです。もしかしたら、その電車に乗っていなかったんじゃないかと思いましてね」

「ばかな。あのときはうっかり失念していただけのことだ。そのときのことは、いまでもよく憶えているよ。ちょうど最前部の車輛に乗っていたんでね」

柳沢は、いかにもめんどくさそうにして話しはじめた。

「栃木県の小山と間々田《ままだ》の間の無人踏切で、小型トラックが私の乗っている電車と接触したんだ。接触した小型トラックは四、五十メートルも引きずられたんだが、横倒しになったトラックの腹には、小柴《こしば》製作所、とかいうネームがはいっていたな。親しい友人に、小柴という名前の工場経営者がいてね、電柱の灯の下でそのトラックの荷台のネームを見たとき、一瞬どきっとしたことを憶えている……」

柳沢はさらに、事故現場の模様を途切れがちにあれこれと語った。平静らしい様子だが、額の縦皺だけは消えずに残っていた。

「津久見君——」

話が一段落すると、柳沢は煙草に火をつけた。

「私が坂井正夫をどうこうしたなんていう、馬鹿げた考えは、この際、はっきりと捨てるべきだな。坂井は自殺したんだ。創作に行きづまり、編集部への面あてに、あんな盗作を置きみやげにして死んだんだ」

「そうと思わせるのが、あなたの狙いじゃなかったんですか。前にも、新幹線の車中でお話ししたことですが、あなたは坂井君の盗作事件を巧みに利用したんじゃないんですか？」

柳沢は蒼白になった顔を上げると、津久見をじっと見入っていた。

「馬鹿げてるよ、君の考えは。一人よがりもはなはだしい。物事を正しく判断するためには、偏見は捨てるべきだ」

「妹さんのことも偏見だと言われるんですか？」

「妹？」

「妹さんは、坂井君を愛していたはずです。それが、坂井君に――」

「君は、妹のことをどの程度知っているというのだ」

「知っているのは、妹さんが坂井君の心変わりを恨んで自殺したということだけです」

「だから、兄である私が坂井を憎んだ――と言いたいんだな？」

「筋は通っていると思いますがね」

「いい機会だ。妹のことを君にも話してやるよ」

柳沢は、なぜか低い声で言った。

「この話を聞けば、君だって坂井という人間に対する見方を変えるはずだ」

「どんなことですか？」

「妹が坂井と交際を続けていたことは事実だ。しかし私が二人の関係に気づいたのは、あの事件が起きた直後だった。妹は活潑なたちだったから男友だちは大勢いたようだ。その中に坂井がいたとは、私もまったく気がつかなかった。坂井と妹は私の自宅で偶然に一、二度顔を合わせたことはあったが……」

「あの事件っていうのは？」

「これだけは憶えておいてほしい。妹の自殺は失恋なんていう甘ったるいもんじゃなかったことをだ。妹は死ぬ寸前まで坂井のことを心の底から恨み、軽蔑していたと思うんだ」

「――」

「今年の四月だった。妹は四、五人の友だちと一緒に千葉の外房《そとぼう》へドライブに行ったんだ。妹が帰ってきたのは、私が会社へ出かけようとしている翌日の朝だった。妹の顔にはあちこちにひっ掻き傷や、みみず腫《ば》れができていたんで、私はびっくりして妹を問い質《ただ》した。最初はただ泣くだけで、返事をしなかったが、再三問いつめた末に、やっと話をしてくれた。妹は、ボートで離れ小島に渡り、そこで学生風の四、五人の男たちに暴行されたんだ」

柳沢の眼は血走ったものに変わっていた。煙草をつまんだままの指先が、小刻みに震えている。

「そのとき、坂井君も一緒じゃなかったんですか？」

「一緒だった。二人で離れ小島を散歩していたんだ。妹が暴漢に取り囲まれたとき、坂井はいったいどんな態度をとったと思うかね？　やっこさんは一目散に逃げ出したんだよ。短刀を突きつけられ、二つ三つ殴られただけで、悲鳴をあげて、妹を置き去りにしたまま逃げ出したんだ」

「助けを求めることもしなかったんですか？」

「付近に人がいなかった、というのが坂井の言い分だった」

「――」

「事実そのとき、その離れ小島には彼らの他には人がいなかったのかもしれない。しかし考えられないのは、坂井がそのとき妹が犯されるのを物かげから、がたがた震えながら見ていたという事実だ。妹は大声で何度も坂井に救いを求めたと言っている。失神する寸前、その行為を手をこまねいて見ている坂井の姿を妹ははっきりと眼に入れていたんだ。私はすぐさま所轄署にそのことを話し、学生たちの捜索を要請したが、相手はわからずじまいだった」

興奮で語尾があいまいに聞こえた。

柳沢は津久見を見据えるように、じっと視線を固定させた。

津久見は黙っていた。

事実だとしたら、もちろん柳沢の気持はよくわかるのだ。

坂井の小動物のような怯懦心《きようだしん》が、津久見には容易に納得できなかった。どこか利己的で小ずるい面を持っていた坂井という人物の全貌を、津久見はのぞき見た思いがした。

「坂井はそんな人間だったんだ。そんな人間性から考えても、今度の事件の背景は、君にだって理解できるはずだ。みんな坂井という人間の卑劣さから出たことなんだ」

と柳沢は言った。

坂井の卑劣さを、誰よりも許せなかったのは柳沢自身だったはずである。

津久見がそのことも言おうとしたとき、柳沢は腰を上げていた。

津久見は煙草を捨てると、部屋を出た。

玄関まで見送るつもりなのか、柳沢も津久見のあとからついてきた。

「山岳推理小説とやらを手がけてるって聞いたけど、まあ、しっかりやるんだね。『山岳』の小暮君も君のことを買っているような口ぶりだった。なにしろ、君はベテランなんだからね」

廊下を歩きながら、柳沢が言った。皮肉たっぷりな言い方に、津久見は思わず相手の横顔を見つめた。

「坂井正夫の盗作事件は、君に思いもかけぬ幸運をもたらしたことになるね。あの事件がきっかけになり、小暮君の雑誌に拾われたんだから。坂井によって埋もれた過去の名を掘り起こしてもらったとなると、君にだって動機が存在しなかったとは言いきれないな。ま、こりゃ、君流の飛躍した推理だがね」

「つまり、あなたの前任者の持論でもある、探偵イコール犯人、ですね」

津久見は、自動ドアの前で立ち止まった。

「いまふと、思いついたことなんですがね。動機といえば、あなたには私利をはかるというりっぱな動機も当てはまりそうですね？」

「なに？」

「坂井君の盗作事件で、前の編集長は詰め腹を切らされたんじゃないんですか？　盗作事件があったからこそ、あなたは晴れて編集長の椅子に坐ることができた。あなたはあり余る実力を持ちながら、万年次長に甘んじていた。編集長就任は、あなたの悲願だったはずです」

柳沢は言葉もなく、その場に立ちつくしていた。

第五章　中田秋子

八月二十五日

秋子が坂井正夫に貸した傘の行方に、ふと気づいたのは、通勤途次の電車の中であった。秋子が坂井の死を知ってアパートへ駆けつけたのは、先月の十日のことである。管理人の立会いのもとに、秋子は坂井の部屋にはいったのだった。遺品はすでに遺族の手によって取り片づけられていた。がらんとした部屋の片隅に、ミカン箱が寄せてあった。

ミカン箱の傍に、秋子の署名入りの経済関係の書物が二、三冊積み上げられていた。秋子はその書物を手にして帰りかけようとしたとき、傘のことも思い出したが、それは部屋のどこにもなかった。

その傘は坂井の亡くなる一か月ほど前だったかに、ひょっこり会社に訪ねてきた坂井に貸してやったものだった。

坂井は出先で雨に遭い、近くにあった秋子の会社に雨やどりに立ち寄ったのである。雨はすぐには止みそうになかったので、秋子は予備の置き傘を坂井に渡した。

坂井はそのとき、この近くの病院へ行く途中だと言った。帰りにまた会社に寄って傘を返すとも言った。

しかし坂井は現われず、傘もそのまま秋子の手にはもどってこなかったのである。

秋子は大した意味もなく、そのときミカン箱の中味をかきまわしてみた。そのほとんどが書きかけの原稿用紙とごみくずであった。

ミカン箱の底に、小さな金属片が一枚眼に留まった。手に取ってみると、それは下駄箱などに使用している鍵のようだった。頭に二桁の数字が薄くほられていて、下のほうがぎざぎざの形に小さく切り取られていた。

そのときは別段深く考えもせず、秋子はすぐにその金属片をミカン箱にもどしていた。だがその金属片が、傘たての鍵だったかもしれない、と秋子は今にして思うのだ。

坂井は病院の傘たてにそのまま秋子の傘を置き忘れてきたのではないかと思った。

飯田橋で電車を降りたとき、秋子はその病院を捜し出し、傘を引き取ろうと思った。

普段はあまり使用しない置き傘だったが、三千円もした上物である。病院の傘たてに置きっぱなしにしておくのは惜しい。

秋子の会社の近くにある病院といえば、大小まじえて五、六はあった。

秋子は病院要覧を調べて、それらの電話番号を書き抜いた。

さっそくダイヤルを回して聞いたが、大病院では傘一本のこととて本気で受けつけてくれない。そちらから出かけてきて調べたらどうだ、と突慳貪《つっけんどん》にはねつけられた。

反応があったのは、四番目にかけた電話だった。

看護婦らしい女が調べてくれて、それらしい遺失品が事務室に保管してあると返事をした。南《みなみ》療育園という名前の病院だった。

療育園という名称からすると、なにか特殊な患者を対象とした病院のようだった。

昼食を手軽に済ませると、秋子は南療育園へ向かった。

その病院は江戸川橋《えどがわばし》の交差点を護国寺《ごこくじ》方面へ曲がった小日向《こひなた》の高台にあった。

古めかしい鉄筋の建物だったが、高い庭樹に囲まれ、静かな雰囲気があった。

秋子は正面のドアを押し開け、狭い薄汚れた玄関の受付に立った。

前方にクリーム色の絨毯《じゅうたん》を敷きつめた長い廊下が走っていたが、そこは夕闇にとざされたように暗い。人影もなく、ひっそりと静まりかえっていた。

そのとき突然、廊下に面した一部屋から幼い子どもの声が聞こえてきた。二、三人の子どもの声がそれに続いて起こったが、すぐにもとの静寂にかえった。

秋子は異様な気持に打たれ、廊下の薄闇を見つめていた。

子どもたちの声が、どこか常軌を逸していたからだ。それは短い悲鳴とも歓声ともとれる人間ばなれのした奇声だった。

「どちらさまでしょうか」

横の受付の小窓に看護婦の顔が見え、秋子は我にかえった。

秋子は入口に近い所に据えられてある傘たてを指さし、用件を言った。

「鍵はお持ちですか？」

と中年の温和そうな看護婦が言った。

秋子が首を振ると、看護婦は受付から離れ、事務室の隣の部屋にはいった。

その後ろ姿をぼんやりと見送っていた秋子の視線が、ふと事務室の黒板の上に留まった。

そこには大きな棒グラフを描いた紙が画鋲《がびよう》でとめられていた。

グラフには、マジックの文字で「退園後の病類別就業状況」という表題が書かれてあった。

グラフの右下の文字を読んで、秋子はびっくりした。

当園脳性麻痺《まひ》者過去五年間の調査、と付記されていたからである。

ここは、脳性麻痺患者の施設だったのだ。

坂井正夫はいったいなんの用事でこの療育園を訪ねたのだろうか、と秋子は思った。

先刻の看護婦がもどってくると、傘を小窓から突き出して秋子に渡した。

少しほこりをかぶっていたが、秋子のものに相違ない。

「もし鍵が見つかりましたら、きたついでにお返しくださいな」

看護婦はおだやかに言った。秋子を入園患者の近親者とでも勘違いしているらしい。

「あのう……」

秋子は、小窓のほうへ小腰をかがめた。

「少しお訊ねしたいことがあるんですが」

「はい」

看護婦は笑顔で秋子を促した。

「ここを訪ねてきた人のことで、お聞きしたいんです。六月上旬ごろ、ここに来たはずなんですが」

「お名前は？」

「坂井正夫といいます」

「入園者の身寄りの方かなにかですか？」

「さあ、それが……」

「入園者のお名前もわからないんじゃ……」

看護婦は顔をくもらせていた。

だが、その表情がふと別なものに変わった。

「たしか、坂井正夫さんとおっしゃいましたわね？」

「ええ、坂井正夫です」

秋子は言った。

看護婦がなにかを思いついたことは、その表情から読み取れる。

看護婦は急に硬い表情になり、さぐるような眼差をした。

「失礼ですが、あなたは？」

「中田秋子といいます。実は私……」

秋子は忙しく次の言葉を探した。

そのときふと、それとは異質な思考がいきなり頭の中に滑り込んできたのだ。

誘拐された大河内隆広という子どもは、ここに入園しているのではないか、と思ったのである。

秋子はこの突飛な想像を、やがて確信に変えた。

「坂井さんは子どもをここに入園させていたはずです。そのことを確認したかったんです。私、坂井さんの友人です」

看護婦は黙って秋子を見つめていた。それは秋子の言葉を認め、その対応を考えているようにもとれた。

「なにをお聞きになりたいんですか？」

「いろいろと。できれば、その子どもにも会ってみたいと思います」

相手は眼を見開くようにして、秋子を見ていた。

看護婦の背後の事務机に坐っていた白衣の女が、さっきからこっちを盗み見しているのを秋子は知っていた。鼻の周囲にそばかすが散らばった、平べったい顔の若い看護婦だった。

「一応、上の人と相談してみますから、ちょっとお待ちください」

と相手は言った。

看護婦が廊下に消えてしばらくすると、くだんの事務机の女はそっと腰を上げて、受付の小窓へゆっくりと近寄ってきた。

「あのう……」

女は物言いたげな顔を小窓に寄せた。

「なにか?」

「坂井正夫さんとお知り合いの方だとか?」

「そうよ」

「実はちょっと、お願いしたいことが……どうしたらいいのか、わからないもので……」

「なにかしら?」

眼がどこか小ずるそうに輝いているのを見て、秋子は思わず警戒するように身がまえた。

「いえ、ただ私、坂井さんにお返ししたいものがあって……」

女は言葉を切り、足早に事務机にもどると、抽出を開けて小さな紙包みを取り出した。

「園長先生が、お会いになるそうです」

そのとき、先刻の看護婦の声が背後に聞こえ、秋子は廊下のほうを振りかえった。

看護婦は秋子の足許に来客用のスリッパを揃えると、ついてくるようにと眼顔で合図した。

事務室の真向かいの部屋が園長室になっていた。

看護婦が軽くドアをノックすると、中から低い男の声が応え、看護婦は部屋の中へ秋子を請じ入れた。

入口のすぐ手前に高い書架が置いてあり、その背後に人の気配がした。

「中田さんですね、どうぞこちらへ」

丁重だが、どこか事務的な歯切れのいい声が聞こえた。

秋子は書架の背中をまわって、明るい陽ざしの中に立った。

「中田です。突然おじゃまをしまして」

「いやなに。さ、どうぞ」

園長は窓際の大きな机の前に坐ったまま、秋子に傍の椅子をすすめた。

五十歳ぐらいの色の白い細面の男で、骨ばった体にだぶだぶした白衣をまとっていた。

きりっとひきしまった顔は神経質そうだが、切れ者という印象を与えた。尖《とが》った細い鼻の上に、度の強い眼鏡が光っていた。

「坂井さんのお子さんのことでお見えになられたんですね。どんなことをお聞きになりたいんですか？」

園長はてきぱきした口調で言った。

煙草をくわえライターを鳴らすと、そり身になって脚を組んだ。

どこか冷淡な素振りだったが、眼鏡の奥の眼は笑みをたたえるように和《なご》んでいた。

「坂井さんの子どもさんは、やはり脳性麻痺だったんですね？」

と秋子は言った。

「そうです。両麻痺と呼ぶ病型に属するもので、つまり主として両下肢に認められる中枢性運動障害ですが、後天的なものでした」

「後天的？」

「これらの多くは出産時に起こるものなんですが、あの子の場合は分娩《ぶんべん》時間の遷延《せんえん》が考えられるんです。つまり分娩三十時間以上の異常分娩が、その原因だったと考えられるんです」

「で、その子どもさんは重症だったんでしょうか？」

「痙直《けいちょく》型と言われるもので、重症でした」

「治癒《ちゆ》の見込みはないんでしょうか？」

秋子は思わずそう質問した。無駄な質問であることはわかっていた。

園長は煙草を灰皿の火消し水に捨てると、そのまま窓のほうに眼を向けた。

「もちろん現在の段階では根治は考えられません。その治療の一つに、整形外科手術があるのですが、これは痙直型の患者によく適応されるものなのです。あの子の場合、股関節《こかんせつ》脱臼《だっきゅう》を予防するためにも、その手術が必要だったのです。大学の外科医と私とでその手術を行なったんです。六月の下旬でしたかな」

「あんな小さな子に、外科手術を？」

「手術時の適応判断は、人によりまちまちですが、最近では早期手術を推奨する学者が多くなっています。あの子の場合、痙性脱臼を防ぐために、どうしても早期の閉鎖神経切除の手術をしなければならなかったんです」

「で、その子どもさんは、元気でいますの？」

園長の返事がかえってくるまで、短い間隔があった。

園長は眼鏡をはずすと、それを書きかけの書類の上に置いた。

「手術は一応無事に済んだんです。しかし、手術後四、五日目に肺炎に罹《かか》ってしまったんです。呼吸困難とチアノーゼになり……」

そう言うと、園長は椅子ごと秋子のほうへ向きなおった。眼鏡をはずした園長の目は丸く小さく、顔全体が柔和なものに変わって見えた。

秋子は不吉な予感を持って、相手を見つめた。

「あの子は、亡くなりましたよ」

「死んだ……」

「こちらでも手はつくしたんですが。鼻口閉塞《びこうへいそく》による窒息死でした」

園長は秋子から視線をはずし、床の陽だまりを見つめていた。

大河内隆広はこの療育園で死んでいたのである。

秋子は、一面識もない幼児の死をある感慨を持って捉えていた。

大河内真佐子はわが子の隆広を誘拐されたということで、自分の許から手離した。それに加担したのが、妹の律子であり、坂井正夫だった。

真佐子は隆広が脳性麻痺児とわかったとき、隆広を密《ひそ》かに隔離することを思いたった。誘拐という演出で、隆広の名を大河内家から永遠に抹殺してしまったのだ。どこか遠隔の施設に坂井正夫の子として預け、そこで生涯を終わらせるのが真佐子たちの計画だったのではないのか。

秋子は熱した顔を宙に据えた。

そして坂井正夫は、その秘密保持のために共謀者の手にかかって殺されたのだ。

「先生は、その坂井正夫さんが亡くなられたのをご存じですか?」

沈黙を破ったのは秋子だった。

「え——」

園長は驚いて、腰を浮かすようにした。

その茫然とした表情は、そのままに動きを止めていた。無感動に落ち着きはらっていた園長からは、その驚愕《きょうがく》ぶりは想像できないものだった。

坂井の死が園長にかなりの衝撃を与えたことは、そのこわばった表情からも理解できた。

「知りませんでした。いつのことですか？」

「七月七日です。自殺だと、警察ではみているようですが」

「坂井さんが自殺――」

園長は椅子から離れると、陽のさし込む窓際に立った。

「七月七日といえば、子どもさんが亡くなった三日ほどあとのことですね。自殺ですか……」

坂井の死を特別な感情で受け止めている園長の骨ばった背中を、秋子は黙って見つめていた。

秋子は、礼を言って椅子から立ち上がった。

園長室を出て少し歩みかけると、また子どもの声が右手の廊下にわき起こった。

秋子は半ば無意識のうちに、その薄暗い廊下のほうに足を踏み出していた。

声の聞こえた部屋のドアはかすかに開いていた。秋子は忍び足でその部屋に近づいていった。

ドアの隙間から見るかぎり、そこは黒い絨毯敷きの部屋だった。

ドアの背後に、なにかが動き、触れ合うような気配がしていた。

秋子は迷ったが、思い切ってドアを半開きにして中をのぞいた。

十畳ほどの薄汚れた絨毯の上に、七、八人の子どもがうごめき合っていた。そのほとんどが二、三歳児だった。

各々が思い思いの方向に下半身を投げ出し、いずれも痩せて細い体を絶え間なく揺り動かしていた。

首を苦悶するように激しく打ち振っている子ども。

細い腕をひっきりなしに上下させている子ども。

頭をかかえ絨毯にうずくまっている子ども。

この子らには、静止の時間というものが片時とてなかった。いずれも口を半開きにし、眼は灰色に輝きを失っていた。

部屋の片隅の机に、開襟シャツ姿の二人の男が坐り、時おり書類に鉛筆を走らせている。

「ここの診察室ですよ」

背後に声がして、秋子は驚いて振りかえった。先刻の園長が看護婦を従えて、そこに立っていた。

秋子は慌ててドアから離れた。

園長はちらと室内をのぞき見、視線を秋子にもどした。

「小児の遊ぶ様子を観察したり、あるいは一緒に遊びながら診察をしているんです。デスクに坐っているのは小児科医と整形外科医です。この診察によって、診断を確定したり、療育方針や指導計画案などを決定するんです。この診察は、患児の持つ能力を発見し、それを最高度にのばしてやる、つまり、リハビリテーションのための評価、指導でもあるんですよ」

と園長は言った。

そんな話の間にも、患児の声がドア越しに聞こえていた。

八月二十九日

秋子は隣席の同僚から受話器を受け取り、耳に当てた。仕事の手は休めていない。

「もしもし、中田ですが」

「大河内です。富山の大河内真佐子です」

秋子は赤のボールペンを捨てると、慌てて受話器を持ち替えた。

「今、東京にきているんですが、お話ししたいことがありますの。お会いいただけますかしら?」

「かまいませんわ。今、どちらにいらっしゃいますの?」

持ち前のゆっくりした口調の小さく囁きかけるような声だった。

「新橋《しんばし》の第一ホテルに宿を取っています。このホテルで、二、三仕事上のことで人と会う約束をしているんですが、できれば中田さんにもこちらへきていただけると好都合なんですが。お仕事は手が離せませんの？」

礼儀を失しない語り口の言外に、有無《うむ》を言わせぬものが感じ取れる。

「参りますわ。第一ホテルの――」

「二〇五一号室です。今から一時間後ぐらいにきていただけますかしら？」

「けっこうですわ」

秋子は電話を切って、腕時計をのぞいた。

真佐子との約束は十一時半である。十二時から恒例の社内誕生会が近くのレストランで開かれることになっていた。

それは、社長や重役連中を囲んで、その月に誕生日を迎える社員たちが昼食を共にする交歓会だった。

秋子の名もその中にはいっていたが、秋子は今度もすっぽかそうと思った。

恩着せがましい会社側の趣向が気に入らなくて、秋子は誕生会なるものに一度も出席したことがない。

したがって、そんなときでもなければ姿を見せない社長の顔を、入社六年にもなるのに秋子はさだかに記憶していなかった。

廊下でたまにすれ違っても、印刷所のお使いさんぐらいに思って挨拶を交わしたこともない。

外出表示用の黒板に適当な行き先と帰社時刻を走り書きして、秋子は編集部を出た。

第一ホテルのフロントで部屋の位置を確認して、その横のエスカレーターに乗った。

二〇五一号室のブザーを押すと、ドアは待っていたようにすぐ内側に開かれた。

陽光を背にしているせいか、真佐子の顔は黒ずんで見えた。

真佐子は秋子を中に案内すると、ベッドの端に腰をかけた。秋子は窓際の椅子に坐った。

シングルの部屋だが、かなり広々として見える。

真佐子は白地の絽《ろ》の着物を品よく着こなしていた。白い地に桔梗《ききよう》の花がくっきりと映えている。

たれ気味の細い眼も小さく盛り上がった鼻も、秋子の記憶そのままだった。

顔一面をおおった憔悴《しようすい》が、その顔をさらに生気のないものに見せていた。

「私のお手紙、お読みくださいましたのね?」

と秋子が最初に口をひらいた。

「ええ、拝見しました」

真佐子はハンカチで軽く鼻の頭を拭った。

「ご感想をお聞かせくださいますわね?」

「私があなたにお話ししたかったのも、そのことなんです。こうなったら、あなたにだけはすべてをお話ししなくてはいけないと思いましたの」

真佐子の言葉は低く、その端々が小さく震えていた。

「お聞かせくださいな、ぜひ」

「隆広が脳性麻痺児ではないかと疑うようになったのは、生後七か月ごろのことでした。それ以前から、物をつかむことができず、首もすわらず、体の筋肉がぐにゃぐにゃと軟らかかったので変だとは思っていたんです。十か月になっても依然首もすわらず、なにかを取ろうとする手が反対の方向に行ったり、股《また》の開きが悪いもので、もしやと思って、いろいろと書物を調べてみたんです。隆広の徴候の一つ一つが、まぎれもなく脳性麻痺児のそれだったのです。医師に診《み》せるまでもなく、その徴候は脳性麻痺の他には考えられないものでした。そのときの私の気持は、あなたにも理解していただけると思いますわ。隆広の先々のことを考えると、気が狂いそうでした。いっそのこと、死んでくれたら、何度そう思ったかわかりません」

「そこで誘拐という手段を思いついたわけですね。隆広さんは死に、あなた方ご夫妻の思いどおりになったわけですわ」

「いいえ」

真佐子は強く否定した。

「主人は今度のことにはまったく関係ないんです。主人は当時外国に出張中でした。隆広の病気のことなど、なにも知らないんです。すべては妹の律子が考え出したことだったんです」

「律子さんが……」

「私は最初思いあまって律子に相談したんです。誘拐されたことにして、正夫さんに隆広を引き取ってもらうことは、律子が考えたことなんです」

「でも、それは、ずいぶん虫のいい考えだったと思いません？　坂井さんにすべてを押しつけてしまうなんて……」

「正夫さんは、でも承知してくれたんです。それには理由があってのことです。正夫さんだけが、隆広の出生の秘密を知っていたからです。私と正夫さんだけしか知らない秘密をです」

「出生の秘密？」

「隆広は主人の子どもではないんです」

「え？」

秋子は驚き、真佐子の青白い顔を思わずのぞき込んだ。

「主人との間には結婚して八年にもなるのに、子どもに恵まれませんでした。私は医師に診察してもらいましたが、その原因が私の側にはないことを知っていました。私のおなかのことに気づくと、主人はまるで子どものように喜んでいました。自分の子として疑わなかったからです。主人の体から子どもを期待できないとわかった以上、私はこの子を主人の子として産むことを心に決めたんです。私は主人以上に子どもが欲しかったからです」

「じゃ、隆広さんの父親は誰だったんですか？」

「父親は、亡くなった正夫さんです」

「坂井さんが……」

秋子は思わず生唾を呑み込んだ。

坂井正夫が大河内隆広の父親……。

すぐには信じられない気持だった。

「まさか……」

「事実です。正夫さんとたった一度だけ、ふとしたことでそんな交渉を持ってしまったんです。一昨年の夏、正夫さんのアパートを訪ねたときでした。本当にふとしたことがきっかけで……あのときは二人とも、熱にでもうかされていたみたいに平静な状態ではなかったんです」

真佐子は頬を赤く染めて、伏目になった。

真佐子と坂井正夫がそんな関係を持ったことが、秋子には衝撃だった。

「正夫さんは、どこか東京の病院に入れて、生涯自分の子としてめんどうを見ると約束してくれたんです。私もそのために必要な費用は律子を通じて、正夫さんに渡しておりました」

秋子は、無意識のうちに煙草をくわえていた。煙を深く吸い込むと、いくらか気が落ち着いてきた。

真佐子の話は信じてもいいと思った。真佐子が上手な嘘をつけるような女でないことはわかっていた。

真実を話すことだけで、真佐子は精いっぱいだったと言える。

窓から斜めに陽がさし込んで、真佐子の和服の裾《すそ》が白く光って見えた。

明るく照らし出された桔梗の模様を眺めながら、秋子は考えを整理していた。

「坂井さんは六月下旬にある人から三百万円受け取ることになっていると私に話したことがあったんです。そのお金も律子さんが届けたんですか？」

「六月の下旬に三百万円？」

真佐子は、けげんそうに眉を寄せた。

「憶えがないとでも？」

「三百万円をお渡しすると約束した憶えはございませんわ、あのとき律子にことづけたお金は五百万円です」

「五百万円――」

秋子は煙草を灰皿にもどした。

話が錯綜している。

坂井はたしか三百万円はいると言ったはずである。秋子の記憶に間違いはない。

「もう少し詳しく話していただけません？」

「約束した六月二十九日の前日でした。正夫さんからいきなり電話がかかってきたんです。ちょうど私が家を留守にしてまして、お手伝いが電話を受けたのですが、会社の仕事で東京を離れるので、二十九日の日は、できればその出張先で会いたいという内容のものでした。出張のついでに二、三日群馬県の四万温泉に泊まる予定だから、そちらへ連絡してくれるようにと言っていたそうです。私は約束の日、律子に五百万円を四万温泉まで持たせてやったんです」

「律子さんは、間違いなくそのお金を坂井さんに渡したんですね？」

「それは間違いないと思います。受け取っていなければ、正夫さんのほうからなにか言ってきたはずですから」

秋子の中に新しい疑惑が生じた。

「坂井さんが亡くなるまでに、全部でいくらぐらいのお金を渡しておられましたの？」

と秋子は聞いた。

真佐子は陽に顔をさらすようにして、しばらく考えていた。

「四万温泉の分を合わせますと、全部で七百万円になるはずです。とても一度に都合のつけられる金額ではなかったので、三回に分けて渡していたんです。全部律子の手から渡してもらいました」

「七百万円……」

秋子は眼を見はった。

秋子の知っているかぎりでは、坂井は五十万円を持っていたに過ぎない。

「三回に分けたとおっしゃいましたが、二回目はいつごろ渡されたんですか？」

真佐子は質問の真意をくみ取りかねたような、戸惑いの表情を浮かべていた。

「二回目は、たしか百五十万円で、五月中旬ごろお渡ししたはずですが……」

「五月中旬……」

坂井はそのころ、そんな大金を身につけていなかったはずである。

秋子は、自分なりの結論を出した。

それは、坂井が受け取ったのは最初の五十万円だけで、あとはビタ一文手にしていなかったということだ。

残りの六百五十万円は、どこかへ霧消《むしよう》してしまったことになる。

秋子は、遠賀野律子の冷たい横顔を頭の中に浮かべていた。

真佐子が渡した金が坂井の手に渡っていないとしたら、その金の行方は律子の懐《ふところ》以外には考えられない。

「四万温泉のなんという旅館だったか、憶えていますか？」

「ちょっと変わった名前なので憶えています。くるな――という旅館でした――」

「くるな旅館――」

真佐子は疑わしそうな眼で秋子を見ていた。

やがてその顔をやや上向きにすると、とって付けたような笑みを浮かべた。

「あなたに会ってお話ししたかったのは、これだけです。さぞかし馬鹿な女とお思いでしょうね。世間体やら将来のことを考えると、律子たちの計画に最後まで反対し続けることができなかったんです。でも、坂井さんに引き取ってもらわなかったとしても、今にして思えば同じ結果になったかもしれませんわ。自分が死ぬか、あるいは隆広をこの手で殺していたかもしれないからです。そうすれば、正夫さんにあんな大きな負担をかけないですんだはずです。そして、正夫さんも自殺せずにすんだはずなんです」

秋子は相手の言葉を乱暴にもぎ取った。

「まだ、坂井さんが自殺したとお思いなんですの？」

「だって、そう考えざるを得ませんわ」

真佐子はどこか、かたくなな口調でそう言った。

「あの人は自殺なんかしたんじゃありません。あなたからのお金で海外旅行をするんだなんて言って、先の人生を楽しみにしていたくらいです。自殺じゃないってことは、私が一番よく知っています」

「でも……」

と言いかけて、真佐子は口をつぐんだ。

そして、話に区切りをつけるようにしてベッドから腰を上げた。

「中田さん」

と真佐子は言った。

「あなたは先日、このことは決して他言しないとおっしゃいましたわね。今でも、そのお気持に変わりはありません？」

「もちろんですわ」

「たしか、交換条件がおありのようでしたわね？」

「お金のこと？　でもそれは、先日も申し上げましたように、まだ頂戴《ちょうだい》する時期ではなさそうですわ。それにあなたからいただくものとは限っていませんし……」

「中田さん……」

秋子はハンドバッグの留め金を閉めると、ゆっくりと立ち上がった。真佐子は物言いたげな視線で秋子を追った。

秋子は、第一ホテルを出た。

真佐子の話で、事件の全貌が塗り変えられたものになった。

秋子は、自分なりにその骨組みを理解していた。

国電の窓から後方に流れていく第一ホテルの白い建物を眺めながら、秋子は群馬県の四万温泉を訪ねてみようと思った。

九月九日

秋子は上越線の渋川《しぶかわ》駅で列車を降り、駅前から四万温泉行のバスに乗った。

バスは舗装された道路を快適に走り続け、温泉郷の入口に到着したのは黄昏《たそがれ》どきであった。

狭い登り坂の両側に、古いくすんだ旅館が軒を並べていた。すぐ背後に山を背おい、その足許を澄んだ渓流に洗われていた。

深山《みやま》の温泉場らしい静寂さはあったが、そのたたずまいはどこか雑然としてうらぶれたものだった。

客引の中に、くるな旅館の半纏《はんてん》を着た男を認めると、秋子は声をかけた。

くるな旅館に泊まるつもりはなかったが、夕焼けに映える山並みを見て帰りの時間が気になった。

ちぢれ毛の若い男は秋子を傍のライトバンの中に案内した。

くるな旅館は温泉街から離れた山間《やまあい》にある、と男は言った。その旅館への客は秋子一人だった。

車は、バスできた道を少しもどり、傍の山道を右に曲がった。小石の散らばった狭い登り道だった。

車の窓に熊笹《くまざさ》が鳴った。車は旅館ぞいの渓流を下に見て、川上へ向かっている。

秋子は帰りの最終バスの時間を、男に訊ねてみた。

渋川行の最終はあと三十分ぐらいで発車するという返事に、秋子は困惑した。

タクシーで渋川へもどるのだったら、二、三流の旅館に泊まったほうが安くつく。

半日勤務の今日の土曜日を、一日休暇を取ればよかったと思った。

熊笹の道が絶え、展望のひらけた所にくるな旅館が建っていた。

車で二十分近くも山中にはいった所だけに、川下の旅館とは別の静けさがあった。思わず身震いが出るほど空気も冷え込んでいた。

三階建ての近代的な造りからして、宿泊代も高そうだった。

「一番安い部屋でいいのよ」

案内に立った女の背中に、秋子はそう念を押した。

緋色《ひいろ》のカーペットを敷きつめた廊下を幾度か曲がり、通されたのは小綺麗な小部屋だった。

窓のすぐ下に、流れの激しい渓流があった。

女が窓を開けると、部屋に川音があふれ、女の声も遠くに聞こえた。

川の音に包まれた静かで眺めのいい部屋だけに、女の言う料金にも秋子は渋々うなずいていた。

秋子は食卓に向かってお茶をすすった。坂井の一件を女に切り出すと、その厚化粧の顔に反応が見られた。

その係だった者を呼んでやると言って、女は部屋を出ていった。

食事のときに膳を運んできた年増《としま》の女が、坂井の係をつとめた仲居であった。小皺の寄った顔はどこかずるそうな印象を与えたが、話してみると、気さくで陽気な女だった。

女は茶わんに軽くごはんを盛ると、秋子の前に置いた。

先刻の若い女と話が通じていたとみえ、女は物言いたげな顔を秋子に向けた。

「あの方のことならよく憶えてますよ。なんでも会社の出張のついでに骨休めをするんだとかおっしゃって、二晩ほど泊まっていかれました」

と女は言った。

「静かなおとなしい人で、外を散歩するでもなく、一日中部屋に閉じこもっていたようですわ。とても金ばなれのいい人で、私にも二千円もチップをくださったんですよ」

女はちょっと卑屈な笑いを見せた。

チップを催促しているらしかったが、秋子は素知らぬ顔ですまし汁をすすっていた。

坂井が四万温泉まで足を延ばしたのは、保養のためだったのか。

「あの人は、部屋でなにをしてましたの？」

と秋子が訊ねた。

「書き物でしたよ。朝から晩まで食卓に坐って、ノートに書いたものを原稿用紙に書きつけていましたわ。なにを書いているのか聞きましたら、推理小説だって言って笑っていました。わきからなにげなしにノートをのぞいたんですが、とてもきれいな、活字みたいな字が書かれてありましたわ。最初のページに、誰々に捧げる——とかいう文字が書いてあったのを憶えていますわ」

すると坂井は、小説を書くためにこの旅館に泊まっていたことになる。

アパートの部屋では興が乗らず、気分を変えるためにここを仕事の場に選んだのであろう。

坂井から郵送されてきた原稿はこの旅館で書かれたものだったのか、と秋子は思った。

それは『七月七日午後七時の死』という奇妙な題名の六十枚ぐらいの推理小説だった。

坂井はこの小説の題名どおり、それと同日同時刻に死んでいるのだ。

秋子はいまだにこの不可解な題名の小説を、どう解釈してよいのかわからないでいた。

女は秋子のほうへ盆をさし出し、食事をすすめた。盛りが軽いせいもあって、秋子は二杯のごはんでは物足りなかった。

三杯目を頬ばりながら、秋子は遠賀野律子のことを聞いてみようと思った。ここに一泊するはめになったのも、その一事を確認したいがためであった。

「ここに泊まっている間、誰か坂井さんを訪ねてきませんでしたか？」

女は首をかしげた。

「さあ……」

「正確には六月二十九日。だから坂井さんが泊まった二日目の日ですわ。三十歳前後の綺麗な女の人が訪ねてきたはずなんですが」

「お見えにならなかったようですよ。女にしろ男のお客さんにしろ誰も訪ねてなんかきませんでしたよ。訪ねた人があるなら、私がお部屋に案内したはずですからね」

「部屋で書き物をしていたそうですが、一度ぐらいどこかへ外出したことはなかったんですか？」

「私が知っているかぎりでは、旅館の外へ出ていったことなんて一度もなかったと思いますねえ。第一、ここを発つまでずっと旅館の浴衣着でしたからね」

「電話は？　坂井さんに外から電話がかかってきませんでした？」

「ああ、電話ならありましたよ」

女は切れ上がった眼を、瞬間上目遣いにした。

男の泊まり客のことをあれこれと詮索《せんさく》する秋子に、相手は変な勘ぐりをしているらしい。

「どこからの電話でしたの？」

「たしか、東京の、なんとか園とか言っていましたわ。いえ、最初あの人がここに着くとすぐに、東京に電話をしたいって言うんですよ。部屋の電話で帳場の交換台に番号を言っていましたわ。電話が通じたとき、あの方は、なんとか園ですかって先方を確認していましたから。たしか南園だか北園だかだったと思うんですがね」

「そのあとに、そのなんとか園っていう所から坂井さんあてに電話がかかってきたんですね？」

「そうです。三日目の朝だったと思います。ちょうど食事のときでしたわ。私が部屋の電話を取ったのですが、東京のなんとか園からの電話だと帳場では言っていました。あの方は電話を切るとすぐに、急用ができて東京に帰らなければならないって言い出して、とても慌てた様子で、食べかけの朝食もそのままにしてここを出ていかれたんです。本当はその日もお泊まりになる予定だったんですよ」

なんとか園とは、南療育園のことであろう。

坂井は隆広の手術のことが心配で、自分の行き先を南療育園に連絡しておいたのかもしれない。

女の話から、律子の件もはっきりした。

律子は推察どおり、やはりこのくるな旅館には現われていなかったのだ。

秋子は食後の茶を飲んだ。

「あの方、あんまり慌ててお帰りになったもんですからね……」

と女は話を続けた。

「忘れ物をなすったんですよ。例の大学ノートなんかを入れた紙袋でしたがね。大切なものだと思ったので、あとで書留にして送り返してあげましたわ」

「ノートの入った紙袋を？」

「小説の下書きをした大学ノートです。紙袋の中には、他には時刻表や週刊誌なんかもはいっていたと思いましたわ」

女はそう言いながら、きれいに平らげた皿を器用に盆の上につみ重ねていた。

「あとでお床を敷きますわ」

女が去ったあと、秋子は縁側の椅子に坐って窓の外を見ていた。

渓流に灯が投影し、川面は漆黒の中に浮かび上がるようにして輝いていた。夜になって、川音はさらに激しく身近に聞こえた。

秋子は椅子に背をもたせかけ、眼を閉じた。

遠賀野律子はここに訪ねてはこなかった。

その事実から、秋子は坂井正夫の死を別な観点から考えなおしていた。

律子が、坂井に渡すべき金を着服していたことは疑いない。

律子の目的は、真佐子の金であったと言える。金のために律子は裕福な姉を羨望《せんぼう》し妬《ねた》んでいたのではなかろうか。

坂井に渡す金は大金だった。

坂井に渡したことにして、真佐子の手前を適当につくろっていた。しかし、いつまでも騙《だま》しおおせるものでもない。

受取人の坂井の口さえ封じれば、誘拐事件のことも、金銭着服の一件もあばかれることはないのだ。

考えてみると、隆広を誘拐によそおって坂井に預ける計画は、以前から温められていたともいえる。

誘拐事件は単なる背景にすぎず、それは真佐子から金を引き出すための一手段だったとも思える。

真佐子は隆広のことを最初律子に相談したと言ったが、実は巧みにそう仕向けられていたのかもしれないのだ。

問題は律子のアリバイだ、と秋子は思った。

律子は七月六日に石川県小松市の公民館で開催された生け花展に出席し、その夜は寺井駅近くの清景ホテルに宿泊した。

翌七日の午後、生け花展からホテルにもどった律子は、しばらく自分の部屋で休んでいたという。律子が清景ホテルを発つのを女将やホテルの者は確認していないが、連れの旗波三郎の話では七時ごろだったというのだ。

秋子はこの旗波の証言には、まったく信頼をおいていなかった。律子とどういう利害関係にあるのかはわからないが、律子と口裏を合わせていた疑いが濃いのだ。

旗波の言葉には一顧の価値も見出せなかったが、しかし例の三枚の写真が彼の言葉を立証する結果になっていた。

写真の撮影された日時が、七月七日午後六時十五分から二十二分ごろの間であることが、その三枚の写真によって証明されているのだ。

もちろん、フィルムに関するトリックのことも考えてはみた。

しかしそれならば、撮影したカメラとフィルムを他人の手に渡しておいたりせず、自分の手許において細工するほうが自然ではないか。

あのカメラのフィルムは、ホテルの女将の手によって現像、焼付をされている。

律子は三枚だけ撮影したカメラを女将に預けたあと、そのカメラに手を触れることはなかったはずである。

つまり、なにかフィルムに工作しようとしても、その機会はなかったことになるのだ。現像と焼付の段階に手を伸ばすことができなかったとしたら、機会は清景ホテルの休憩室での撮影時をおいてしかない、と秋子は思った。

秋子はバッグの中から手帳を取り出し、三枚の写真をわかりやすいように一覧表にしてみた。

フィルムナンバー	撮影者	被写体	撮影時刻
1	律子	木彫り像	六時十五分
2	女将	木彫り像	六時十八分
3	律子	旗波と女将	六時二十二分

撮影時刻の数字が示すかぎりでは、律子は金沢小松空港16時50分発の全日空機の搭乗客とはなり得ない。

その飛行機に搭乗するためには、清景ホテルを遅くとも四時二十分ごろに発っていなければならないのだ。

律子は六日の夕方にホテルに着くとすぐ、そのカメラを帳場に預けた。

カメラに新しいフィルムを装塡したのは、女将だった。

そのことは、律子の手紙を読んだ直後に、清景ホテルに電話をし、女将に確かめてある。

この事実によって、あの三枚の写真が前日、あるいはそれより以前に撮影されたという想定も捨てざるを得ないのだ。

しかし、と秋子は考えた。

この三枚の写真が七日ではなく、それより前の日に撮影されていたと考えないかぎり、解決の糸口は摑めそうにないのである。

七日より以前に撮影しておいた写真を、七日に撮影したかのように錯覚させる方法はないものだろうか――。

秋子は考えを追った。

あるのだ。

一つだけ、その方法があることに、秋子は思い当たったのだ。

カメラをすり替えることだった。

律子はあの二週間前の六月二十三日に清景ホテルに宿泊したとき、新しいフィルムでサンチョパンサの木彫り像を二枚撮影しておいた。撮影時刻は、六時十五分と六時十八分だ。

そして七月七日に、帳場から引き取ったカメラに新しいフィルムを装塡してもらい、同じアングルから木彫り像を撮り、そして次に女将にカメラを渡し、また木彫り像を撮らせる。

最後に三枚目を撮るとき、旅行鞄かどこかにかくしておいた同機種のカメラと、律子と女将が撮影したカメラとをすり替えたのだ。

そして女将と旗波を窓際の椅子に坐らせ、すり替えたカメラで三枚目のシャッターを切った。そのカメラには、二週間前の六時十五分ごろに撮影された二齣《こま》の木彫り像が写されてあったのだ。

律子はカメラをすり替えたのだ。それ以外には考えられなかった。

しかし——。

三枚目の写真は、そうなると、どう解釈したらいいのか。

旗波と女将が写っている三枚目の写真にかぎっては、変な小細工は弄《ろう》されていないのである。

被写体が木彫り像だけであれば、前日撮影という細工もできるだろうが、被写体が女将と旗波となると、そうはいかないはずだ。旗波が清景ホテルに宿泊したのは、あのときがはじめてなのだ。

つまり、三枚目の写真は、七月七日に律子が撮影したものであることに疑問の余地はない。

三枚目にかぎって、なんの策もほどこせなかったとしたら、その写真の時計は正確な時刻をあらわしていたことになる。

時計は右半面だけ映し出されていて、左下面が女将の頭のかげになっていたはずだ。

右半面に長針だけが見え、そのために正確な時刻は言い当てられないが、少なくとも六時以降であることは間違いなかった。

秋子のせっかくの推理も、それ以上の進展は望めそうになかった。

やがて背後に係員の声がして、秋子の考えは中断された。

「お床をのべてもよろしいですか？」

「お願いするわ」

女は持ってきた水さしと四、五冊の雑誌を床の間に置いた。

「私ね、以前、坂井さんのアパートの近くに住んでいたことがあるんですよ。亭主に死なれて、この稼業にはいったんですけど、当時は二人でアパートの小さな部屋を借りて、けっこう楽しくやってましたわ。岩淵町《いわぶち》ってとこ、ご存じでしょう？　ほら、大きな神社の横から坂を登りきった所……」

「あのへんに神社なんてあったかしら？」

「あら、厄《やく》よけ大師としちゃ東京でも有名な神社ですわ。でも、あのへんも変わったでしようねえ、もう十五、六年になりますもの。岩淵町っていう町名だって変更になっているかもしれませんわね」

「聞いたことないわ、あのへんでは」

「たしか、坂井さんの所は稲付町でしたわね。でも、あのときは、その住所がわからなくてね、忘れ物を送り返しようがなかったんですよ」

「——」

「ご存じのように、うちでは最近宿帳は使っていませんのよ。宿帳代わりに、貴重品袋を使っているんです。その表《おもて》には住所欄もあるんですが、あの方は名前しか記入してなかったんですよ」

と言って、女はふと明るい表情になった。

「あの方、やはり小説を勉強してらした方だったんですねえ。うちの番頭さんが、あの方のことを知っていたんです。あの方の小説が載っている雑誌を番頭さんに見せてもらい、やっとその住所がわかったんですよ」

「雑誌に？」

「そうなんですよ。なんとかいう推理小説の雑誌ですわ。あの方、その雑誌の新人賞を獲ってらしたんですね。あなたもごらんになったでしょう、あの小説」

「ええ……」

秋子はあいまいな返事をした。なんと受け答えたらいいのか、わからなかったからだ。

坂井正夫が雑誌の新人賞を受賞していたことは、秋子のまったくあずかり知らぬことだった。

なにかが狂っている——と、秋子は思った。

女は床の間に置いた雑誌の中から一冊を選び出すと秋子に渡した。『推理世界』の八月号だった。

まだ真新しかった。

「途中までしか読んでないんですけど、正直言って、あまりおもしろくありませんでしたわ。なんだか筋がこみ入っていて――」

と女は言った。

秋子は仕方なしに目次を開き、該当ページを指で繰っていった。

坂井正夫の受賞作は、小さな活字で三段に組まれていた。秋子は斜めに視線を流しながら、大ざっぱにページをめくった。

坂井の小説が終わると、次には見開きで選者の批評が載っている。

傍に小さな囲み欄があり、そこには受賞者の住所氏名、受賞感想文がさらに小さな活字で組まれていた。

秋子は、坂井正夫の顔写真に眼をやった。

写真は小さく縮小されていて、かなり鮮明度を欠いている。

用紙が目の粗《あら》いざら紙のため、インクの乗りが散漫になっていた。ところどころにインクがだぶついて、黒ベタの斑点《はんてん》状のものもあれ<ruby>いい</ruby>を作っていた。

坂井正夫は顔を横向きにして、こちらを流し見るようなポーズをとっていた。

女は寝具を敷き終わると、明日の出立時間などを聞いて部屋を出ていった。
部屋の灯が豆電球に変わり、縁側の照明が急に明るさを増した。
渓流の中に秋子の顔が浮かび上がって映っている。
秋子は窓ガラスの自分の顔を眺めながら、この小説を読んでみようと思った。

第六章　津久見伸助

九月十日

『山岳』編集部の小暮正次は、津久見を待たせておいた喫茶店に姿を見せると、夕めしでも食いませんか、と言って伝票をつまみ上げた。

タクシーをつかまえると、浅草《あさくさ》の馬道《うまみち》、と小暮は行き先を告げた。

「高校時代の級友が、浅草で鮨屋《すしや》をやってましてね。山内鬼一《やまうちきいち》という男ですが、津久見さんにも聞き憶えがあるでしょう？」

「山内鬼一——」

聞いたことのある名前のようだったが、はっきりとは思い出せなかった。

「三、四年前には、新進の時代物作家として少しは世間に知られていた男ですよ。おやじの店をついで鮨をにぎるようになってからは、さっぱり書いていませんがね。彼は亡くなった瀬川恒太郎にすっかり傾倒してましてね、当時はよく家にも出入りしていたらしいんですよ」

そう言われても、やはりはっきりと思い当たるものはなかった。

車は浅草の仲見世《なかみせ》通りと平行して真っすぐに走り、浅草六丁目の馬道通りぎわで停まった。

車を降りた眼の前の店のネオンに、「鮨芳《すしよし》」という店名がともっていた。

店内は手狭な感じだが、どこか格式のある落ち着いた雰囲気を持っていた。

店主の山内鬼一は三十五、六歳の痩せた男だった。

客にそつなく愛敬を振りまいていたが、細面の整った顔はどこか孤独なものを感じさせた。

小暮が津久見を紹介すると、山内は包丁を使う手を休めて、笑顔で一礼した。

「以前からお名前は存じあげていました。今度は、りっぱなものを発表なさいましたね。おもしろく読ませてもらいました」

と山内は丁重に言った。

『山岳』の十月号に掲載された作品をさして言ったものだが、津久見は思わず照れて頭をかいた。

「あの雑誌で読んだんですが、坂井正夫と親しくしておられたんですね」

「ええ、まあ。短い期間でしたが、同人誌のグループで一緒でした」

「実は、この山内ですがね——」

と小暮がおしぼりを使いながら、口をはさんだ。

「この男が、坂井正夫の作品が盗作だと言って私に電話をかけてきたんですよ。昔からとぼけた男でしたからね、最初のうちは私も本気で取り合わなかったんです」

「あの『推理世界』という雑誌は、たまたまここのお客さんから見せてもらったんですがね。坂井正夫の作品を三分の一ほど読んで、びっくりしてしまったんですよ。私は瀬川さんの作品をほとんど読んでいましたから、すぐに『明日に死ねたら』の模倣だと見破りましたよ」

ビールがつがれ、小暮と津久見はどちらからともなくグラスを合わせて乾杯した。

「瀬川恒太郎さんと付き合っておられたそうですね」

あわびを器用に切っている山内に、津久見は言った。

瀬川を敬愛していた津久見は、同志の親しみに似たものを山内に感じはじめていた。

山内は顔を上げて、恥ずかしそうに笑った。

「一種の熱病みたいなもんでしたよ。いまじゃ、そんな情熱なんてこれっぽっちも残っちゃいませんよ。もっぱらこっちのほうでしてね」

山内はゴルフのクラブを振る仕草をすると、津久見たちの前に、盛り合わせの大皿を置いた。

「瀬川さんからは、いろいろ教えられるものがありましたが、なんと言ってもあの人の旺盛な創作意欲には感心しましたね。創作に対する執念が全身にみなぎっているといった感じで、あれほど作家業に徹し切って生きた人もめずらしいと思いますねえ。まあ、そのせいか、あまりめんどう見のいい人じゃありませんでしたがね。それに、本人はまったく無頓着《むとんちゃく》なんですが、人使いの荒い人でしてねえ、私なんかもよく資料集めにかり出されたもんでした。あの坂井君も小まめに動きまわっていたようでしたよ」

津久見は思わずグラスを宙に止めて、山内を見た。

「坂井君が？　坂井君も瀬川さんの家に出入りしていたんですか？」

「ええ、そのはずですよ。別に口をきいたことはありませんが、瀬川さんの家でたしか一、二度すれちがったことがありますよ。台所のほうで、お手伝いさんが坂井君を呼んでいるのを聞いたこともあります。下男代わりに使われているような感じで、気の毒に思ったものです」

坂井正夫も、瀬川恒太郎に師事していたのか。

短い交際だったとはいえ、坂井との間でそんな話題が交わされたことは一度もなかったはずである。

津久見は短い時間、茫然と宙を見つめていた。

坂井正夫は、かりにも師と仰いだ瀬川恒太郎の作品を臆面もなく盗作していたのか。

「ふうん、あの坂井君が瀬川さんについていたとは意外だったな。恩を仇で返した、と言いたいところだが、坂井君の心境は常識じゃ測りきれないような気がするなあ」

小暮が感慨深げに、そう言った。

「いい作品が書けなくて、追いつめられた心境から、つい盗作してしまったんでしょうが、惜しい気がしますね。まだ若い人なんだから、さらに根気よくがんばり続けてほしかったですよ。あの瀬川恒太郎さんをとくと見習うべきだったですね。瀬川さんは病床でも、小説のことしか考えていなかったんですからね。いつ行っても、枕許一面に書きかけの原稿用紙が散らばっていましてね。しかし、そんな創作の執念も、やはり病気には勝てなかったんですねえ、見ていて気の毒に思いましたよ」

「病気が最大の原因だったことに間違いはないが、一部では、すでに才能が枯渇《こかつ》していたんではないか、なんて見方もされていたけどね。うちの編集部で、あの『明日に死ねたら』の原稿を頼んだときも、やはり散々苦労したとみえて、締切を一か月以上も過ぎてから、やっと脱稿されたほどだったよ。もらった原稿を読んでみても、やっとこさ書き上げたとでもいうのか、どこかぎくしゃくした感じがして、瀬川さん一流の軽妙さは感じとれなかったなあ」

と小暮が言った。

甘党だと言っていただけに、小暮の顔にはすでに朱がさしていた。

「それは、ぼくも認めるよ。老大家といわれる人にありがちな、ちょうど油の切れかかった時期でもあったんだろうね。盗作でもしたい心境だったのは、むしろ瀬川さんのほうだったかもしれないな」

山内はそう言うと、声を立てて笑った。むろん、冗談に言った言葉なのだ。店がたて込んできた。なじみの客がほとんどで、下町っ子らしい若い男女の浴衣着が涼気を誘っていた。

山内は客の応対で忙しくなり、話は中断された形になった。

小暮も代わりの話題を見つけ出せないまま、黙って鮨を頰ばっていた。

津久見はビールをひと息に飲みほし、濡れた口許に煙草をくわえた。

ある考えが、頭の中で小さく形づくられ、それが徐々にふくれあがっていくのを津久見は意識していた。

山内が冗談に言った先刻の言葉が、津久見に意外な想像を植えつけるきっかけをつくったのだ。

盗作でもしたい心境だったのは、瀬川恒太郎だったかもしれない――と山内は言ったのだ。

それは他意のないたとえ話だったが、津久見には聞き流しにはできない、ひっかかるものがあるのだ。

瀬川恒太郎が盗作していたとは、まったく考えてもみなかった途方もない想定だが、その想定によって、一つの事柄が解決できそうに思えるのだ。

それは、柳沢邦夫のあの不可解な言動だった。

津久見が柳沢を追及したとき、彼は瀬川恒太郎の『明日に死ねたら』という作品を読み落としていた、と言った。

瀬川に私淑し、その実力を高く評価していた柳沢が、病をおして、いわば再起をかけて発表したその作品だけを読み落としていたとは考えられなかった。

柳沢は誰よりも早く、そして期待しながら、その作品の活字に接していたはずなのだ。それに、柳沢は匿名時評でも、瀬川のその作品については一行も触れていなかった。どんな小品でも、瀬川の作品と名が付けば、大きくスペースをさいて取り上げていた柳沢なのに。

そうしなかった理由が、いま津久見にはわかるような気がした。

柳沢は『明日に死ねたら』を一読し、それが瀬川恒太郎自身の筆によるものでないことを看破していたのではないだろうか。

その作品をまったく無視する結果になったのも、盗作と知っての配慮からではなかったのか。

——瀬川の盗作という想定をさらに進展させていった津久見は、思わず息を呑んだ。

盗作の張本人と誹謗《ひぼう》されていた坂井正夫こそ、実はその被害者だったのではないか、と津久見は思ったのだ。

坂井は群馬県の四万温泉で、旧作を手なおしして一編の作品をものした。

自分でも会心の作と思えたのか、その喜びを友人の金子仁男や津久見にも伝えずにはいられない気持だった。

その作品は編集部に採用され、日の目を見ることになったが、ここで想像もしなかった事態が発生し、坂井は仰天した。

偶然、手にした『山岳』誌上に瀬川恒太郎の名前で、自分の旧作が掲載されていたからだ。

――津久見は、煙草が燃えつきそうに短くなっているのにも気づかないでいた。

真の盗作者は、瀬川恒太郎だったのか？

瀬川を盗作者と考えることによって、坂井正夫事件の全貌は、まったく一変するのだ。

坂井は追いつめられた末に盗作したのではなく、また没にされつづけた腹いせに盗作原稿で編集長に報復しようと思ったのでもない。

坂井は旧作を改稿し、その真価を編集部に問おうとしていたのだ。

そんな坂井が、なおのこと自殺などするはずがなかった。

柳沢邦夫には、秘められた動機があったのだ。

柳沢は瀬川恒太郎の盗作という不祥事を、世間からなんとしてでも隠蔽《いんぺい》しなければならなかった。

瀬川の盗作の事実を知ってしまった坂井を、そのままにはしておけなかったのだ。
津久見のそんな想像は、やがてはっきりとした確信に変わっていった。

第七章　中田秋子

九月十一日

週一回の企画会議は、月曜日の九時半から第一会議室で行なわれる。各担当者から提出された企画を重役、部課長連中がその場で検討し採決するのである。

中田秋子も企画提出者の一人だった。

秋子は『全身性疾患《しっかん》と肺』という題名のB５判六百ページほどの単行本を企画していた。病院での症例と検査写真とをふんだんに盛り込み、内科学と呼吸器病学との関連性を説くのを、この書の狙いにおいていた。著者はA大学医学部の医局長で、呼吸器病学の泰斗《たいと》だった。

秋子の順番は少しあとのほうだったので、同僚の企画説明を片隅の椅子でぼんやりと聞き流していた。

新鮮な企画は一つもない。すべて類書の焼きなおしか、持ち込みものである。

それは、企画提出を機械的にノルマ化している上層部に非のあることだった。優れた新企画は、犬や猫が子を産むように安易には生まれ出ないのだ。

秋子は企画会議をよそに、遠賀野律子のアリバイを考えていた。

充分な睡眠をとったせいか、けさの秋子は冴《さ》えていた。

秋子はノートの間にはさんでおいた三枚の写真をこっそりと取り出し、本のかげに並べて置いた。律子のフィルムからキャビネに引伸ばしたものだった。

アリバイを崩す鍵は、必ずこの三枚の写真の中にひそんでいるはずだった。

ある企画が採択され、それをしおに二、三人が席を立った。

「ねえ、見せて」

隣に坐っていた同じ書籍課の土橋文子《つちはしふみこ》が、そう言って体をすり寄せてきた。

「別におもしろい写真じゃないわよ」

「いいから、見せてよ」

しまいかけようとした秋子の手から、土橋は写真をもぎ取るようにして奪った。

「だめよ」

「よっぽど大切な写真らしいわね。どれどれ……」

「あなたには関係ないものよ」

写真をのぞき込んだ土橋は、すぐにがっかりしたようなため息を洩らした。

「なあんだ」

「だから、そう言ったでしょう」

「でも、この木彫り像、ちょっと変わってるわね。この顔、会社の誰かに似てない？」

「誰に？」

「うちの課長を肥らせれば、まさにこんな顔になるんじゃない？」

「ほんと、どことなく課長に似てるわ」

土橋と秋子は、思わず吹き出していた。

土橋の言うとおり、よく見ると、このサンチョパンサの風貌はどこか課長の倉持を彷彿とさせるものがあった。

「このおデブさん、風邪でもひいてるみたい」

と土橋は笑いをこらえながら、そんなことを言った。

「あら、なぜ？」

「だって、鼻からチョウチン出してるんですもの」

「鼻からチョウチン？」

土橋の珍妙な指摘に、秋子は写真をのぞき込んだ。

「どれ？」

「ほら、ここんとこ。この白い丸い形のものが、鼻チョウチンみたいじゃない」

土橋文子が手にしているのは、女将と旗波が並んで写っている三枚目の写真だった。

「ほんとね」

秋子は思わず笑った。うまい形容だと思った。

やや横向きになったサンチョパンサの顔の右横に、民家の屋根の一部が写し出されていた。

屋根から突き出た排気管と思われるエントツ状の物体に、小さな円形状のものが薄ぼんやりと浮かび出ていて、その細くすぼんだ先端がちょうどサンチョパンサの鼻先にきていた。

だから、そのつもりになって見ると、土橋の言うように、まさにサンチョパンサが鼻チョウチンを出しているように見えるのだ。

秋子は土橋に指摘されるまで、その小さな円形状の被写体には気がつかないでいた。注意して眺めなかったら、それとは気づかないほど、薄く不鮮明なものだった。たまたまサンチョパンサの鼻先にぶらさがって見えるような奇妙な構図になったため、眼をひいたともいえる。

「これ、なにかしらね？」

と秋子は言って、別の二枚の写真を土橋の手から取った。

この二枚の中にも、それが写っているかもしれないと思った。

しかし、律子が撮影した一枚目の写真には、エントツ状の物体は認められたが、鼻チョウチンを思わせるその円形状の物体は写っていなかった。

二枚目の、ホテルの女将が撮影した写真にも、背後のエントツ状の物体の周辺を注意深く調べたにもかかわらず、円形状のものを見つけることはできなかった。

秋子はにわかに緊張した面持になり、再び二枚の写真をかわるがわる見入っていた。

サンチョパンサの鼻チョウチンと見まごう円形状の物体は、三枚目の写真にしか写し出されていないのだ。

一枚目の画面にそれが捉えられていないということは、同じ構図という点からも考えられないことだった。

「この丸いの、もしかしたら風船じゃないかしら、端っこがすぼんでいるし……」

その円形の薄い輪郭を指先でなぞりながら、土橋は言った。

「風船——」

「そうよ、きっと。風船がエントツかなにかにひっかかってたのよ」

「そうね、そうかもしれない」

「でも、傑作ね、この写真。どう見ても、鼻チョウチンをぶらさげた西洋デブって図だわよ」

「風邪ひきサンチョにお礼言わなくちゃね。それから、土橋さん、あなたにもよ」

「え?」

秋子は席を立った。

四階の自分の机にもどり、住所録を繰って石川県の清景ホテルの電話番号を捜し出した。電話から聞こえてきたのは、番頭らしい男の声だった。

二階の休憩室の北向きの窓から見える民家の屋根に、風船がひっかかっていなかったか、と秋子はいきなり聞いた。

相手の声が短い時間途切れていたが、無理はなかった。

秋子は相手を納得させる次の言葉を考えていたが、その必要もなく、通話はスムーズに進展した。

「誰かと賭でもなさったんですな」

「――そうなんです。で……」

「風船はありましたよ。いや、今でもあそこにひっかかったままですがね」

「そう、助かったわ。で、いつごろからひっかかってましたの？」

「そう、もう二か月以上前になりますかな。あの幼稚園の創立記念日の行事があった日からですよ」

「創立記念日？　それは、いつのことかしら？」

「毎年、七月四日にやってますな。あの日、園児たちが風船をもらいましてね。あそこにひっかかっているのは、園児が飛ばしたやつですよ」

秋子は適当に礼を言って、電話を切った。

薄ぼんやりした円形状の被写体は、やはり風船だった。

その風船は、七月四日に幼稚園の園児が飛ばしたもので、いまでもひっかかったままだという。

律子が七月七日にあの休憩室で三枚の写真を撮ったのなら、その風船は三枚全部の中に収められているはずである。

しかし、風船が写っていたのは、女将と旗波が並んだ三枚目の写真だけだったのだ。

つまり、一枚目と二枚目の写真は七月四日より以前に撮影されたものだったのだ。

カメラのすり替えという秋子の想定は、やはり当を得たものだった。

遠賀野律子は前回の宿泊のさい、時計が六時十五分を示すのを見はからって、サンチョパンサを二枚撮影しておいた。

七月七日、帳場から引き取ったカメラに新しいフィルムを入れてもらい、同じアングルから再びサンチョパンサを写し、次に女将にもそれを撮影させた。

そして三枚目を撮るとき、隙を見てそのカメラと前回に撮影済みのカメラとをすり替えたのだ。

秋子はゆっくりと第一会議室にもどった。隣の土橋文子が、精神科関係の企画を自信たっぷりな口調で説明していた。

次は秋子の番だったが、その視線は一枚の写真の上にじっと据えられたままになっていた。

問題は、この三枚目の写真なのだ。

女将と旗波が写っているこの三枚目の写真は、間違いなく七月七日に撮影されたものだった。

だったら、なぜこの三枚目のバックにもわざわざ時計を入れて写したのだろうか。

三枚目は七日の当日に撮影したのだから、うっかり時計を入れてしまったりしたら、その撮影時の真の時刻がわかってしまう。

この場合は、時計をかくして写すのが当然なのに、律子はそうはしなかったのだ。

しかし、幸か不幸か、時計の文字盤は右半面だけが写し出されていて、左下面が女将の頭のかげにかくれている。

長針は二十二分の位置をさしている、短針は女将の頭のかげだ。だったら、時刻は六時以降とも考えられるのだ。

それでは、律子のアリバイは打破できない。律子は遅くとも四時二十分にはホテルを出ていなくてはならないのだ。

この三枚目の写真にかぎっては、いかなる小細工をもほどこせなかったのだ——と、秋子は自分に言い聞かせた。

三枚目の写真の時計は、だから正確な撮影時刻を告げているはずなのだ。

正確な撮影時刻――。

秋子は、あっと低く声を発した。

解けたのだ。

こんな簡単なことが、今までわからないでいたのが不思議なくらいだった。

写真の時計は、間違いなく正確な撮影時刻をはっきりと示していたのだ。

その時刻は、四時二十二分――。

つまり、右半面に見えている長針の下に、短針がかくされていたのだ。

律子は七月七日午後四時二十二分、つまり長針と短針が重なり合う時刻を狙って、三枚目のシャッターを切ったのである。

最初、清景ホテルで三枚の写真を見せられたとき、それらの示す時間的な流れに、まず秋子は騙されていたのだ。

そして、短針はかくれている左下面にある、と抵抗もなく思い込まされてしまったのだ。

女将の頭、という絶妙な障害物が、最後まで秋子を錯覚状態においやっていたのである。

律子があれこれと女将にポーズを要求したのも、この障害物を作るためだったのだ。

撮影時刻が四時二十二分だから、そこに二時間という大きな空白が生じる。

律子は、楽々と756便に搭乗できたはずである。

「中田君、中田君――」

前の椅子から、課長の倉持の声が聞こえていた。

秋子は倉持の上気した顔を見つめていたが、企画説明の番がまわってきたことに気づくまでには、さらに短い時間がかかった。

企画会議が終わって席にもどったのは、正午に間近いころだった。

秋子は倉持が席を離れるのを見とどけてから、全日空大阪営業所のダイヤルを回し、広報課の妹を呼び出した。

七月七日の金沢小松空港発756便の搭乗者名簿を調べてもらうためだった。

第八章　津久見伸助

九月十二日

津久見は、柳沢邦夫のアリバイに執拗に食いついていた。ここでも津久見は、持ち前のねばり強さを発揮していたのである。

柳沢の乗ったという19時17分発の上野行の電車が、小山―間々田間の無人踏切で小型トラックと接触したという事故が、柳沢のアリバイの背景を飾っていた。

事故のことは、なにもその電車に乗っていなくても、後日、新聞などで知ることはできる。

津久見はだから、その話にはさして重きをおいていなかった。

だが、親子電話の件に進展が望めない現状では、その事故の裏をとる以外に手をつけられそうなものは残っていなかった。

結果は柳沢の言うとおりかもしれないが、調べるだけは調べておこうと思った。

津久見は母の部屋の押入れから古新聞を引きずり出すと、七月八日付の新聞を捜した。

以前は、押入れに古新聞がうずたかく積まれるのを津久見が嫌って、半月ほどで廃品回収者に売り払っていた。母はそんな少量を売るのではかえって損だと主張し、三、四か月分をまとめて売るように津久見に忠告した。新聞の間に週刊誌やちらし広告をうまくしび込ませて、目方を水増しすることをすすめたのも母だった。

そんな母のおかげで、当日の朝刊はまだ売られずに残っていた。

津久見は、目的の記事を探した。

踏切事故は、めずらしいものではない。栃木県版ででもなければ記事になっていないかもしれないと思ったが、下隅に小さく載っていた。

東北本線にトラック接触

七月七日午後七時五十分ごろ、栃木県小山市本町の東北本線（小山―間々田間）の無人踏切で東京都練馬区桜台三丁目、小柴製作所工員笠原勇二《かさはらゆうじ》さん（二一）運転の同所の小型トラックが小山発19時45分の上り電車に接触、四十メートルほどひきずられ、笠原さんは手足を骨折し重体。助手席に乗っていたプロ野球のT球団選手村田友之《むらたともゆき》さん（二二）は全治三週間の重傷を負った。

小山署の調べによると、笠原さんが無人踏切で一時停止しなかったための事故とわかった。この事故のため、上下線とも一時不通になったが、上りは同八時二十分、下りも同八時三十分ごろに開通した。

柳沢邦夫が事実この上り電車に乗っていたとしたら、赤羽着は九時二十分ごろになっていたはずである。

津久見はしかし、そんな想定は頭から否定していた。

柳沢は後日この記事を眼に留めた。自分が乗っていたことになっている電車が、踏切で小型トラックをひきずり負傷者を出した。

驚いた柳沢は、この短い記事を何度も読み返したことであろう。柳沢とてこの事故に遭遇したという証言が、かなり薄弱なものであることは充分承知していたはずである。

だからこそ、事故現場の光景を津久見にこと細かに説明したのだ。

しかしそんな光景は、この新聞記事の行間からでも容易に想像できることだった。

横倒しになったトラックの腹に、小柴製作所というネームがはいっていた云々の柳沢の説明にいたっては一顧《いっこ》の価値もないのだ。小柴製作所の小型トラックと、新聞には明記されているからである。

アリバイを証明するにしては、対象となる資料があまりにも薄っぺらであった。

津久見はひとまず柳沢の件から離れて、机に向かった。

『山岳』に短編を隔月で執筆する話が、本決まりになっていた。四十枚足らずの読み物だが、少ない枚数なりに書くとなるとむずかしい。津久見はこの一両日、そのプロット作りに専念していた。構想がまとまらず、書きかけの原稿用紙を幾枚も丸めてくずかごに捨てていた。

柳沢邦夫のことに再び思考を移したのは、疲れ休めに卓上テレビのスイッチを入れたときだった。

テレビではプロ野球の実況が放映されていた。後楽園球場でのK球団とT球団との薄暮《はくぼ》ゲームだった。

津久見は高校時代に軟式野球部に籍を置いていただけに、野球好きである。

試合は中盤にさしかかっていた。双方ともに決定打を欠き、0対0の緊迫した試合内容だった。

そのとき、津久見が画面に身を乗り出すようにしたのは、手に汗を握る場面に遭遇したためばかりではない。

T球団の監督が代打を指名し、ダッグアウトから出てきた選手が村田友之外野手だったからだ。

村田選手は交通事故の負傷が完全に治癒していないらしく、どこか元気がなかった。バットの素振りにしても迫力がなく、両手首の白い繃帯《ほうたい》が痛々しい。

アナウンサーが戦況の展開について、解説者に意見を求めていた。解説者は、どっちつかずのことを喋ってお茶をにごしていた。

そして、あくまでもベンチ要員である村田選手を、この大切な場面に引っぱり出した監督の無思慮を、持ち前の傲慢な口調で非難した。

アナウンサーは話題をそらすような感じで、村田選手の過日の事故を簡単に説明した。その事故で重傷を負った笠原運転手と村田選手とは中学時代からの親友であったこと。二人して入院中の友人を郷里の病院に見舞った帰りの事故だったことなどが、その説明でわかった。

結局、村田選手は三球三振にしとめられたが、津久見の眼はその画面を捉えていなかった。

アナウンサーの先刻の説明の中に、ちょっと奇異な言葉が挿入されていたからだ。

津久見は最初にその言葉を耳にしたとき、自分の聞き違いかと思った。

しかし、二度にわたって、それと同じ言葉をアナウンサーは口にしたのである。

「おこのぎ製作所のトラックが電車に接触して……」

とか、

「重傷を負った、おこのぎ製作所の運転手と村田選手とは……」

などと、アナウンサーは言っていたのである。

おこのぎ、とは耳新しい言葉だった。

電車に接触したのは「小柴製作所」の小型トラックのはずだった。

津久見は古新聞をひろげてみて、そのことを確認した。

おこのぎ、などという活字は、その記事のどこにも見当たらなかった。

アナウンサーの言い誤りではないのか、と津久見は思った。

しかし、小柴という文字はどう読み方を変えてみても、おこのぎとは読めそうにない。

津久見は念のため漢和辞典を繰ってみた。

「小」は「お」と読めるが、「柴」は「サイ・しば」としか読めない。

つまり「小柴」という漢字には「おこのぎ」という読み方は存在しないということだった。

津久見は、しばらくこの言葉の矛盾にこだわっていた。

津久見は、栃木県の小山支局に連絡してみようと思った。新聞記事の誤植も考えられる。

だが、小山支局での返事は要領を得ないものだった。

その事故は知っているが、それを記事にした憶えはないというのである。

支局長が不在で電話で応対したのは若い男だったが、他の支局で記事を送ったのかもしれないから、そちらを当たってみたらと無愛想に言った。

津久見は、宇都宮支局にも問い合わせてみた。

記事は宇都宮支局から東京本社へ電話発信したことはわかったが、その担当記者は先月末に地方へ転任になったという返事だった。

電話で記事を送っているにしても、その控え原稿はあるはずだと思い、そのことも確認した。

相手は渋っていたが、一応調べてみると言って電話を置いた。

しばらく待たされたが、幸いその原稿は保管されていた。

「その製作所の名前ですが、なんと書かれてありますか？」

津久見は訊ねた。

「こしば、ですよ。小さいという字に柴田の柴ですな」

「間違いありませんか？」

「他人の走り書きの原稿なんて、読みにくいことはたしかですがね。間違いなく、小さいという字に、柴ですね。あ、ここに電話番号がメモしてありますな、お知らせしましょうか」

津久見はその番号をメモした。

一〇五番に照会する手間がはぶけたわけだが、原稿の文字もやはり小柴であったことが不可解だった。

津久見は、再び受話器を手にした。

若い女の声が受話器に流れてきた。

「はい、おこのぎ製作所ですが」

女は、はっきりした口調でそう言った。

やはり「小柴」という名前は、「おこのぎ」と発音するのが正しいのか。

津久見は、七月七日の事故のことを訊ねた。

「はい、私どものトラックですが、運転手の笠原はまだ入院中です」

と相手は言った。

「その小型トラックの横には、製作所のネームがはいっていましたね？」

「はい。おこのぎ製作所と、たしか白文字で大きく書いてあったはずですが……」

「その、おこのぎという名前ですがね、小さい柴と書いて、おこのぎと読ませるんですね？」

女は津久見の意図を推測しかねているらしく、口ごもっていた。

「いいえ。小さい柴ではなく、小さいという字に此《し》、それに木を書くんですが……」

「し？」

「ええ。柴という字の上の、此です」

すると、小此木という三文字になる。

津久見は電話を切ったあとも、しばらくメモ用紙に書きつけたその三つの文字を眺めていた。

小柴ではなく、柴という字が此と木の二つに分かれていたのだ。

柳沢邦夫は思わぬところから、ついにしっぽを出したのだ。

見てもいない事故現場を、あたかも間近に目撃したかのように話したのが、命取りになった。

小柴製作所とネームの入ったトラック云々は、柳沢にとっては言わずもがなの話だったのだ。墓穴を掘るとは、まさにこのことだ。

柳沢は新聞で、当日のことを知った。新聞には「小柴製作所」と印刷されてあった。

小此木《おこのぎ》を小柴と誤植したのは、おそらく記事を受信した本社の整理部の落度であろう。

小此木という三文字を、間違えて小柴の二文字に組んでしまったのだ。

此と木を一つにくっつけて「小柴」と誤読するのは、先刻の宇都宮支局の記者の例からも充分に考えられることだった。

一種の錯覚だが、小此木という三文字が縦にくっついて並んでいたとしたら、小柴と誤読してもあまり不思議ではない。

だが、この文字の錯覚は、柳沢邦夫に限っては通用しないのである。

柳沢はあの日、電車にひきずられて横転した小型トラックを車輛の中から見たと言った。

そのトラックの腹に「小柴製作所」とネームが書かれてあったと言ったのだ。

すると、その文字は縦ではなく、当然横に書かれていたはずである。

つまりトラックのネームは、小此木製作所と書かれていたことになるのだ。

その横に並べて書かれた文字を、小柴と読めるわけがないのだ。

横並びの「此」と「木」の文字は、どう錯覚したにしろ、「柴」という文字に誤読はできないのである。

柳沢は、そんな小型トラックなど目撃していなかったことになる。柳沢の証言は、やはり新聞記事からの受けうりにすぎない。

新聞社の錯覚による誤植までには、柳沢も思い及ばなかったのは、無理からぬことだった。

柳沢が宇都宮を発った電車は、17時発の急行「ばんだい3号」であろう。

18時12分ごろ赤羽に降りた柳沢は、その足で信報社印刷に向かったのだ。

出張校正室の6号室に身をひそめて、金子仁男が宇都宮へ電話をするのを待っていた。

親子電話だから、交換台からのコールは6号室の電話でも同じように鳴る。

柳沢はそのコールで受話器を取り上げ、あたかも宇都宮にいるように装って、金子と話をしたのだ。

板橋にある信報社印刷から赤羽の坂井のアパートまでなら、大した時間は要しない。

第九章　中田秋子

九月十五日

夜半からの小雨が、朝には横なぐりの風雨に変わっていた。

遠州灘《えんしゅうなだ》沖に接近した大型台風が、夕方には中部地方を横断すると気象台では発表していた。

関東一円は、朝から暴風雨圏にはいり、河川の増水や列車の遅延などがテレビでも報じられていた。

秋子は、全日空大阪営業所の妹からの手紙が待ちどおしかった。

敬老の日の休日だったが、秋子は平生よりも早く起きて階段の入口の郵便受をのぞいた。

速達便の配達される時刻だが、秋子あての郵便物はなかった。

考えてみれば、相手が特別料金を払ってまで郵送を急がねばならないいわれはない。もしかすると、まだ調べてもいないのではないかと思った。

秋子は、吹田《すいた》市の妹の宿舎に電話を入れた。

「そのことなら、名簿の書き抜きをそちらに送るよう、金沢の営業所のほうに電話で連絡しておいたわよ」

営業所も人手不足の折から、早急には処理できないでいるんだろう、という妹の返事だった。

今日の祝日から日曜日にかけての飛び石連休を高原で過ごす予定が、台風の接近で狂わされたせいか、妹は平素に似ず不機嫌な口調だった。

こんな苛立った落ち着かない気持で、一日を過ごす気にはなれなかった。

こちらからじかに、金沢小松空港に電話してみようかと思った。

妹を経由したのは、搭乗者名簿が門外不出のものだと妹から聞いていたからである。電話で直接聞く分には、さして問題はあるまいと思った。

秋子は時刻表の航空案内のページから、その電話番号を書き取った。

電話に出たのは、若い女の事務員だった。

風雨で部屋中のガラス窓がやかましく鳴っていたが、相手の声はすぐ間近にはっきりと聞こえた。

大阪営業所の中田の姉だと告げ、用件を手短に説明した。相手の途切れがちの応答が、どこか心許なかった。

相手が受話器を置いてしばらくすると、年配の男の声に変わった。

「そのことは大阪の中田さんから頼まれています。申し訳ないんですが、実はこれから調べてお手紙しようと思っていたとこなんですよ」

と相手は言った。

「今、電話で教えていただけません？」

「けっこうですよ。七月七日の756便でしたね。で、どなたをお調べになりたいんですか？」

秋子は、遠賀野律子の名前を言った。

「遠賀野さん……じゃ、大河内造船の親戚の方ですね？」

男の語調が急に変わった。

「彼女を、ご存じでしたの？」

「ええ、まあ……」

男はあいまいな返事をして、電話から離れた。

相手がしばらく電話にもどらず、秋子はいらいらした。

名簿のことも気になったが、それより電話料金が嵩《かさ》むことのほうに関心が行った。

「お待たせしました。さっそく調べてみたんですが……」

男の声が聞こえてきて、秋子はほっとした。

「遠賀野律子さんのお名前は、見当たりませんねえ」

予期しないことではなかった。

律子が偽名を記入していたことは、充分に考えられるのだ。

「ご迷惑でも、搭乗者全員の名前を読み上げていただけません？」

「全部をですか……」

相手は、明らかに逃げ腰になっていた。

秋子は、重ねて頼み込んだ。

「ですが、この名簿には遠賀野さんの名前はないんですよ。それだけでは不充分なんですか？」

突っかかるような口調になっていた。

「それに、あなたがなにをお調べになりたいのか知りませんが、この756便は当日飛んでいないんですがね」

「なんですって？」

聞き違いかと思い、秋子は慌てて相手の言葉を確認した。

「航行を取りやめたんですよ。15時40分着の羽田からの貨物便が、ここの滑走路で事故を起こしましてね。車輪部の故障で胴体着陸したんです。そのために滑走路が使用できなくって、16時50分発の756便は離陸不能になったんですよ」

「離陸しなかったのね……」

秋子は、眼の前の風景がゆっくりと傾いていくような錯覚を感じた。

七月七日の東京行756便は、空港に銀翼を休めたままだったのだ。

遠賀野律子が偽名を記入していようがいまいが、それは問題ではない。カメラのトリックが解明できても、それはただ、それだけのことにすぎないのだ。

律子は756便の機体を眼の前に見ながら、空港ロビーに足止めされていたのだ。

綿密に仕組んだ計画も、土壇場にきて、貨物便の着陸失敗という突発事故により水泡《すいほう》に帰してしまったのである。

「もしもし……」

相手の声を、秋子は遠くに聞いていた。

この相手から聞き出すことは、もうなにも残っていない。

「もしもし、失礼ですが、遠賀野さんとはどういうご関係なんですか？　いえ、もしかしたら、あなたはまだあの事故をご存じないのかと思いましてね」

抑揚のない声で、男は言った。

「あの事故って？」

「遠賀野律子さんが先日お亡くなりになったのを、ご存じないんですね？」

「亡くなった……」

秋子は、再び耳を疑った。

受話器を握りしめたまま、茫然と宙を見つめていた。

「交通事故に遭われたんです。加賀《かが》市から片山津《かたやまづ》温泉へはいる県道で大型トラックと正面衝突して、乗っていた自家用車ごと道路わきの崖下に転落したんです。こちらの新聞にも大きく書かれていましたが、二人とも即死でした」

「二人とも？　じゃ、誰かと一緒だったんですね？」

「大河内造船の方でした。社長の秘書とか新聞には出ていましたが」

「社長秘書……」

旗波とかいう男のことだ。

律子と一緒に旗波も死んだのか——。

「原因は秘書のわき見運転ということですがね。片山津温泉から帰る途中の事故だったらしいです。たしか一昨日、告別式があったはずですが」

秋子が黙っているので、相手は適当に言葉をつぎ足して電話を切った。

思いもかけぬ事態が、次々に秋子を襲っていた。頭のどこかが麻痺したように感覚を失くしていた。

秋子は、重い体を台所の椅子に預けた。

律子も旗波もあっけなく他界してしまった。それはこのまま、この事件の終焉《しゅうえん》を告げたことになるのだ。

律子と旗波は事故前日に片山津温泉に泊まっていた。この事実からも、二人が単なる師弟という間柄ではなかったことがはっきりした。

秋子が組み立てた想像は、すべて的中していたのだ。

しかし、今となってはそれも、単なる想像のままで枯れしぼんでしまうのだ。

すべては予想もしない結末で、あっけなく幕を閉じたのだった。

予報どおり、夕方になると、台風は本土に襲来した。

秋子は寝床にはいっても容易に寝つかれずにいたが、それは吹き荒れる風雨のせいばかりではなかった。

第四部　真相

あなたは、このあと待ち受ける意外な結末の予想がつきますか。
ここで一度、本を閉じて、結末を予想してみてください。

第一章　津久見伸助

九月十五日

柳沢邦夫は、自宅の書斎に和服姿で坐っていた。着やせして見える上半身が落ち着かず揺れ動き、血色の悪い顔はさらに青味がかっていた。

柳沢が崩れるのは、時間の問題と言えそうだった。

「津久見君……」

そう呼びかけた声も、消え入りそうに小さかった。

あとの言葉が続かず、柳沢は薄い唇を噛んだ。

「柳沢さん。もう正直に喋ってしまったらどうなんですか。いずれは話さなければならないことになるんですよ。この場でなくとも……」

この場でなくとも、という暗示はとたんに効を奏したようだ。

柳沢は蒼白な顔を上げると、意を決したような眼差を津久見に投げた。

「あなたは妹さんのことで坂井君を憎んでいたはずです。それに加えて、瀬川恒太郎の盗作の一件がからんできた。だから、あなたは——」

津久見は自分の見解を、くりかえして言いかけようとした。

「君の言うとおりだ。まったく、君が考えてるとおりなんだ」

さえぎるようにして、柳沢は低い声で言った。

「認めるんですね？」

「君がそこまで知っているんだったら、瀬川さんのことは無駄にかくしだてしてもはじまらんだろう。瀬川さんが二年前に『山岳』五月号で発表した『明日に死ねたら』という短編は、君の推察どおり、瀬川さん自身の創作によるものではなかったんだ。でも、はっきりと盗作だとわかったのは、あの坂井君との一件があってからだった。私は当時、あの作品を雑誌発表と同時に、すぐさま読んだんだが、半分も読み進んだところで、おかしいと気がついたんだ。まず、筆の運びに瀬川さん特有のリズム感がなかったし、ストーリーの展開にしても瀬川さんらしからぬぎこちなさが眼についた。読後の印象にしても、いつもの作品のようになにかが押し寄せてくるような、あの圧倒されるような気分をまるっきり味わうことができなかった。作品の出来そのものは、そつなく無難にまとめ上げられていて、まあ、私流に言わせてもらえば、二流の傑作と言えるんだが、なんといっても、瀬川さんの体臭をどこにも感じ取れなかったことから、私はあの作品に疑問を持つようになったんだよ。掲載誌が地味な専門誌ということもあって、あまり人目につかなかったことにもよるが、当時も誰一人としてあの作品に疑いをはさむ人はいなかった。軽く書き流した老大家の水準作ぐらいにしか受け取っていなかったようだが、私には、他人の作品を文章だけを自分のものに変え、書き写したものとしか思えなかったんだ。瀬川さんはあのとき、もう創作なんてできる体じゃなかったんだ。創作能力は減退していたにもかかわらず、不幸にして往年のあの旺盛な創作意欲だけはそのまま残っていたんだな。はっきりと絶筆を宣言しても、なんら恥じるところはなかったのに、あの人はそれを屈辱と考えていたからな。作家は生あるかぎり創作するというのが、あの人の持論だったから……」

「あなたが匿名時評で、あの瀬川さんの作品を取り上げなかったのも、やはりそのためだったんですね？」

と津久見は言った。

柳沢はゆっくりとうなずいた。

「時評欄に取り上げるのが恐かったからだ。そのときはまだ、盗作だとはっきり証明できるものはなかったけれど、私は自分の直感を信じていた。あの作品にこれ以上周囲の目が向けられるのが、不安でならなかったんだ」

「坂井君の原稿を読んだとき、いったいどんな気持でしたか？」

津久見は、わざと意地の悪い言い方をした。

「そりゃ、びっくりしたよ。事情を知ってる者なら、誰だって驚くだろう」

「そうでしょうね。あの作品の原作者である坂井君が、原作そのものを持ち込んできたんですからね」

「津久見君――」

柳沢が慌て気味になにか言いかけるのを、津久見は無視して言葉を続けた。

「かわいそうなのは坂井君ですよ。坂井君は旧作を改稿して、やっとのことで受賞第一作を活字にするところまでこぎつけたんです。その作品が瀬川恒太郎によって盗まれ、すでに雑誌に発表されていたことなど、そのとき坂井君はもちろん知らなかったでしょう。しかしやがて、ある偶然からそのことを知ったんです――その秘密を知ってしまったがために、坂井君は殺される羽目になったんですよ。坂井君を除けば、瀬川さんの盗作の秘密を知っていたのは、あなた一人です。あなたは瀬川さんの秘密が世間に知れ渡ることを、なんとしてでも防ぎ止めたかった、だから坂井君を――」

「それは違う」

強い語調で、柳沢は否定した。

「どう違うんです？」

「違うんだ。君は、とんでもない勘違いをしているんだよ。私は坂井君を殺してなんかいない。君は勝手にそう思い込んでいるんだ」

柳沢の顔が急に赤味を帯びて、津久見の眼の前にあった。演技にしては、真に迫るものがあった。

「殺していないですって?」

津久見は用心深く言った。

いまさら言いのがれをしようとする柳沢を、津久見は冷やかに見やった。

柳沢は必死に訴えようとするかのように、身を乗り出して津久見の視線を受け止めていた。

「私の話を聞いてほしい」

やがて、柳沢は言った。

「坂井君があの原稿を編集部に持ち込んできたとき、真っ先に読んだのは私だ。読んでいくうちに、それが瀬川さんの発表した『明日に死ねたら』にそっくりなのを知って、私はびっくりした。坂井君もここまで追いつめられていたのか、と思ったのも、そのときは坂井君が瀬川さんの作品を模倣したものだとばかり解釈していたからだ。私はすぐにその原稿を突き返そうと思ったが、坂井君を痛めつけるにはまたとない機会だと思いなおしたんだ。盗作と知りつつ眼をつむっていたのは、君の指摘したとおり、坂井君をこの世界から抹殺しようと考えたからだ。編集長がその原稿を採用するであろうことは、その作品の出来ばえからして、私にはわかっていた。採用されたことを報《しら》せると、坂井君は電話口で声をはずませて喜んでいた。私には、そんな坂井君の心境がどうにも理解できなかった。盗作であることは、早晩、暴露されるにきまっていたのに……」

「坂井君はそのとき、採用されたことを心から喜んでいたんですよ。誰のでもない、自分自身の創作が採用されたんですからね」

「だが、それから一週間ぐらいたったとき、私の自宅あてに坂井君から電話がかかってきたんだ。深夜のことで、坂井君はかなり酒に酔っていたようだった。坂井君は、あの原稿をすぐに返してくれ、活字にしたくないから――と言ってきたんだ」

「活字にしたくない……」

「そのときは、理由は言わなかった。ただ、活字にしたくない、と言うだけだった。盗作原稿を編集部に渡したものの、採用されてみて、はじめて自分の行為におじけを感じたのだろうと、そのときはそんなふうに私は坂井君の気持を解釈したんだが、結果はまるで予想外のものだったんだ。翌日、編集部から坂井君に電話をして問い質したのだが、坂井君は相変わらず要領を得ない返答をしていた。最後に、あの原稿をもし活字にしたら、亡くなった瀬川恒太郎が困ることになる――と、小さな声でそんな意味のことを言ったんだよ」

「なるほど、坂井君はそのとき、『山岳』に載った瀬川さんの作品を眼に留めたかして、瀬川さんの盗作に気づいたんですね」

「私は坂井君のその言葉から、以前から疑念を持ち続けていた瀬川さんの『明日に死ねたら』は、やはり盗作で、もしかしたら坂井君が原作者ではないかと考えてみたんだ。『明日に死ねたら』は軽いが、小器用にそつなくまとめられていたので、不器用な坂井君の筆とはちょっと結びつかないところもなくはなかったが、調べていくうちに、やはり原作者は坂井君以外には考えられないようになったんだ」

「どんなことを調べたんです？」

「まず、持ち込み原稿だ。瀬川さんが盗作しようとしたら、自分のところへ持ち込まれた無名作家たちの原稿に眼をつけたのではないかと想像したからだ」

坂井正夫の持ち込み原稿を瀬川が盗作したのではないかという想定は、津久見も持っていた。

「瀬川さんの家族は、瀬川さんの死後、三鷹の家を引きはらって、現在は青森に移り住んでいるが、その実家に電話を入れてみたんだ。坂井正夫という名の男は、たしかに当時三鷹の瀬川宅に出入りしていたということだった。ちょくちょく顔を見せていたわけでもないので、瀬川夫人もはっきりとした記憶はないそうだが、おとなしい無口な男で、瀬川さんにもかわいがられていたそうだ。夫人の話では、私も三鷹の家で坂井君に一度くらい会っているはずだというのだが、私にはそんな記憶はないんだ。私も坂井君が瀬川さんに師事していた事実をそのときはじめて知って、びっくりしたくらいだ」

「で、坂井君の持ち込み原稿は？」

「夫人の話では、瀬川さんの死後二週間ぐらいたってから、書斎を整理していたら、紐でゆわかれた原稿の束が三つ四つ出てきたということだった。夫人は律義な人だから、その原稿をいちいち持ち主あてに返送したそうだ。持ち主の名がわからなかったり、所番地が不明な原稿も中にはかなりあったそうだが、坂井正夫の原稿はたしかに返却したと言っている。坂井君の原稿だけは、娘さんが直接返しにいったんだそうで、だから夫人もそのことはよく憶えているっていうんだ」

「娘さん？」

「瀬川さんがことのほか可愛がっていた、中田秋子さんという長女だが、たしか医学関係の出版社に勤めているはずだ。坂井君のは、原稿用紙に書かれた短編が二つ三つと、大学ノートが一冊だったということだ」

柳沢はことさらにゆっくりとした仕草で、煙草をくわえた。やや平静にもどった顔を、妙に深刻なものに歪めながら、話を続けた。

「瀬川さんのあの作品の原作者が坂井君だったとは、ちょっと信じられないことだが、夫人から電話で聞いた事がらや、活字にしたら瀬川さんが困るだろうなんて意味のことを言った坂井君の言葉などからして、私はそれをやはり事実として受け取らざるを得なかった。坂井君のあの作品は『山岳』に載った瀬川さんの作品の模倣なんかじゃなく、彼自身の旧作を改稿したものだったんだ。それにしても、あれだけのものを書ける力量のあった坂井君なのに、受賞後の作品にこれというものがなかったのも不思議でならないんだ」

最後の言葉には、柳沢独特の棘《とげ》が含まれていた。

「坂井君は編集長やあなたにあれこれといびられたがために、迷ってしまい、本来の技量を出しきれなかったんでしょう。あの作品は、この六月下旬に群馬県の四万温泉に泊まって書いたものだと言っていましたが、ようやくトンネルから抜け出すことができたなんて言って、とてもはり切っていましたからね。しかし、その作品があんな災難を呼ぼうとは、坂井君とて想像もしなかったでしょう」

「待ってくれ、津久見君。くりかえして言うが、私は坂井君を殺してなんかいないんだ。私は――」

「七日の日、宇都宮を七時ごろの電車で発って、途中で踏切事故があったため、上野に九時半ごろ着いたと言われたが、あなたはその電車になんか乗っていなかった。あなたが宇都宮から乗った電車は、もっと早い時刻の――つまり、七時前に赤羽に到着する電車だったはずです。金子仁男さんが信報社印刷の出張校正室から六時すぎに宇都宮へ電話をしたとき、あなたは同じ信報社印刷の出張校正室にいたはずです。校正室の親子電話を使って――」

「違う、私はあのとき信報社なんかにいたんじゃない」

柳沢は、津久見をさえぎった。

「では、どこにいたのか、説明してもらえませんか？」

「順を追って話すつもりだったんだ。まあ、聞いてくれ。瀬川さんの盗作の一件を知られてしまった以上、君にはもうなにもかくしだてなどしないつもりだ。私があの日、宇都宮の実家に六時半ごろまでいたことは事実だよ。東京の信報社印刷にいる金子君から電話をもらったのも事実だ。電話を最初に取ったのは家内だが、その時刻に私が実家の電話で話していたことは、そのとき家に居合わせた家内の友人が証明してくれるはずだ。君は親子電話にいやに固執しているようだが、かりにだ、かりに私が犯人だとしたら、そんな危なっかしいトリックで大事なアリバイを偽造しようとは思わないね。第一、相手がはたして都合のいい時間に電話をかけてくれるかどうかも疑問だし、親子電話だったら音量の違いで相手に感づかれる危険性もある。それにまた――」

「それはともかく、信報社にも寄らなかったとしたら、いったいどこにいたというんですか？」

「池袋《いけぶくろ》の東口にある『いけもと』という、行きつけの喫茶店だ。私はあの日、宇都宮を七時ちょっと前の急行で発って、八時ごろ池袋に着いた。坂井君と八時にその喫茶店で会う約束がしてあったからだ」

「坂井君と――」

「私は瀬川さんの『明日に死ねたら』が坂井君の原稿の模倣だとしたら、そのままにはしておけないと思った。坂井君と会ってさらに詳しく確かめ、早急に善後策をたてようと思っていた。それで、坂井君の亡くなる二日ほど前に、こちらから電話を入れて、あの原稿のことで話したいので会ってくれと言ったんだが、坂井君は、別に話すことはない、早くあの原稿を返してくれ、と言って、なぜだかいっこうに取り合おうとしないのだ。瀬川さんの盗作を知ったら、血相を変えてその非をとがめだてるだろうと想像していた私には、この坂井君の態度がちょっと腑に落ちなかったのだが、私の再三の頼みで坂井君はやっと会うことを承知してくれたんだ。会う日時を指定したのは、坂井君のほうだ。私はその喫茶店で九時ぐらいまで待っていたんだが、坂井君は現われなかった。どうしたのかと思い、アパートに電話をしてみて、坂井君が二時間ほど前に服毒死したことを知らされたのだ……」

言葉巧みに事実を歪曲《わいきょく》しようとしているのではないかと津久見は思ったが、黙って柳沢の次の言葉を待った。

「とにかく私は、あのとき坂井君のアパートには足を向けてはいなかった。トラックと接触事故を起こした電車に乗っていたなんて、君に嘘を言ったのも、変な疑いの眼で見られたくなかったからだ。坂井君と会う約束をしていたなんてことが知れたら、私の立場が苦しくなるのはわかりきっていた……」

と柳沢は言って、津久見の反応をうかがうような眼差をした。

「あなたの話が事実だとしたら、坂井君はあなたと会う約束をしておきながら、その前に自殺したということになりますね」

と津久見は、わざとおどけた口調で言った。

「そのことなんだが……」

柳沢は暗い眼をまばたきながら、新しい煙草に火をつけた。

「あのときの坂井君に、自殺するような動機があったのかどうか、私は不思議でならないんだ。彼の原稿は採用されたが、あとでそれが瀬川さんによって盗作されていたことがわかった。普通なら、盗作者を告発してしかるべきところだが、坂井君はそうはしなかった。原稿を活字にしたくないと言い出したのも、ひとつには先輩作家の非行をかばおうとしたためかもしれないが、だったら、証拠となるあの原稿を編集部に預けたままで死んだのがおかしい気がする。坂井君は自らに瀬川作品の盗作者という汚名を着せて自殺し、瀬川さんの名を汚すまいとしたのではないかとまで考えてみたんだが、あの坂井君にそれほどの犠牲的精神があったかどうか、はなはだ疑問だと思う。だから、自殺にしては、どうにも釈然としないものがあるんだ」

「では、坂井君の死は他殺だったと？」

「そう考えても不思議ではあるまい、自殺する動機がなにも考えられないとしたら。他殺なら、かなり計画的な犯行だ。原稿の題名どおりの日時に殺されるなんて、単なる偶然にしては出来すぎている」

柳沢は椅子にゆったりと背中を沈めると、煙草の煙を乱暴に吐き出した。追いつめたはずの獲物にあと一歩のところで逃げられたような苛立ちを、津久見は先刻から感じはじめていた。

柳沢の話をそのまま信じているわけではないが、それをはっきりとくつがえせるだけのものを津久見も持ち合わせていなかった。

津久見のひるみを敏感に察したのか、柳沢の眼には生気がもどっていた。

「津久見君。実はいまの瀬川さんの一件だがね」

柳沢は、媚《こ》びを含んだ口調で言った。

「ここだけの話にしておいてもらえるだろうね？　もちろん強制するつもりなどないが、かりにこのことが世間に流れたとしても、坂井君が死んだ今となっては、瀬川さんの盗作を裏づけるものはなにもないんだ。坂井君の遺品をそれとなく当たってみたが、瀬川さんの秘密に関するようなものは、なにひとつ見つけ出せなかった。坂井君が死んでから、そんないわくつきの原稿を受賞第一作として活字にしたのは、なにも事情を知らない前編集長の強い意向によるものだった。だが、その結果も、坂井君が盗作者とののしられこそすれ、瀬川さんの盗作なんて事実には誰も気づいていないんだ。だから、この際、いたずらに世間を騒がすこともないと思うんだがね」

「ご懸念にはおよびませんよ。しかし、坂井君の死の謎が解明されたとき、その瀬川さんの秘密も表面に浮かび出てくるんじゃないんですか？」

「なぜだね？」

「いえ、なんとなく、そんな気がしただけですよ」

そう言って、津久見は柳沢の前から腰を上げた。

相手にうまく丸め込まれたような思いもないわけではなかったが、その言葉を信用するしないは後日にまわすしかない。

玄関に降りた津久見を、柳沢はふところ手をして見おろしていた。

横柄な態度も神経質そうな面持も、柳沢本来のものにかえっていた。

「ちょっと、津久見君――」

柳沢は、帰りかける津久見を呼びとめた。

「なんですか？」

「いま、妙なことを思い出したんだがね。坂井君はたしか群馬県の四万温泉であの原稿を書いていたって、君は言っていたようだが……」

「ええ」

「それは、今年の六月下旬だったんだね？」

「そうですよ」

「おかしいな……」

「なにが、です？」

　津久見は、相手の言葉に興味を持った。

「君も知っているあの金子仁男という作家だがね、彼は以前から痔《じ》を病んでいたんだよ。思い切って手術する勇気もなく、ずるずると悪化するにまかせていたんだが、とうとう我慢できなくなって大学病院で手術したことがあったんだ。その病院は私が紹介してやったこともあって、よく憶えているんだが、痔を切ったのは、たしか今年の六月二十八日だったと思うんだが……」

「それが、坂井君となにか関係があるんですか？」

「手術をした翌日、私が見舞いに行くと、ちょうど金子君の知人が四、五人きていたが、その中に坂井君がいたんだよ。彼は大きなボストンバッグを持っていて、これから岡山の郷里へ帰るところだと言うんだ。親戚に不幸があったとかで、二、三日田舎でのんびりしてくるとか言っていたんだが……」

「郷里へ帰ると言っていたんですね？」

「そう言っていたはずだ」

坂井正夫は群馬県下の四万温泉ではなく、郷里の岡山に向けて旅立ったのか？

「さっき、六月下旬に四万温泉に行っていたと聞いたとき、ちょっとおかしいなとは思っていたんだが。でも、なにかの事情で岡山行を取りやめて群馬へまわったとも考えられなくはないがね」

先月のはじめに金子仁男に会ったとき、金子が別れぎわに坂井のことについてなにか言いかけてやめたのは、このことだったのかもしれないと津久見は思った。

坂井正夫は電話で、四万温泉であの原稿を書いたと言ったはずである。

津久見は折をみて、そのくるなとかいう珍妙な名前の旅館を訪ねてみようと思った。

津久見は、黄昏の戸外へ出た。

夕映えの空に、旅客機の銀翼が光って見えた。

駅前の大通りを曲がりかけたところで、白っぽい三階建ての建物から連れだって出てくる老人の一団にぶつかった。

それぞれ胸に赤い花を飾っているところから、なにか老人の特別なつどいでもあったのかと思ったが、建物の入口の毛筆の立看板を見て、今日が敬老の日の祝日であることを津久見はあらためて思い出していた。サラリーマン生活に見切りをつけ、著述業に変わってからは、曜日の観念にとみにうとくなっていた。

サラリーマン時代だったら、土曜から日曜にかけての今度のような二日続きの連休は、半年も前からチェックし、二泊三日の山行きを予定したものだった。

津久見は家に一人置きっぱなしにした母を思い、駅前の和菓子店で好物の豆大福を買った。そして、例の四万温泉にでも、母を連れていってやろうかと思った。

母に向けたそんな気持の傾きも、しかしすぐに坂井正夫のほうに動き出していた。

坂井正夫事件の解明の鍵が、その四万温泉の調査からあるいは拾い出せるかもしれない、と津久見は思った。

第二章　中田秋子

九月二十二日

秋子は国電の川口駅を出ると、線路ぎわにある行きつけのラーメン屋ののれんをくぐった。

料理があまり得意でない秋子は、三日に一度は外で食事を済ませていた。

大して美味《うま》くはないが、盛りだけは多いチャーハンを腹につめ込んでから、秋子はコーヒーでも飲もうと思い、線路ぞいの商店街をゆっくりと歩いていった。

店先から、誰かに名前を呼ばれているような気がして、秋子は立ち止まった。

「いま、お帰りですか?」

古本屋の主人だった。

手狭な店の奥の小さな坐り机に、顔見知りの主人の蛸《たこ》に似た赤ら顔が笑っていた。

悪い相手につかまった、と思いながら、秋子は軽く笑って会釈を返した。

「お急ぎでなかったら、ちょっと寄っていきませんか? ね、いいでしょう?」

主人は腰を浮かして、秋子に手招きしていた。

とっさに断わりの文句を思いつけなかった秋子は、主人の声に引きずられるように散らかった店内に足を踏み入れていた。

この古本屋の主人とは、妹の聰子と一緒に生活していたころからの知り合いだった。古本屋の他に、骨董品の目利きや土地ブローカーなどもしている六十前後の世話好きな好人物だった。

「一人良い青年《ひと》を頼まれてるんですよ。ちょうどよかった、こちらからおじゃましようと思ってたところでしてね」

主人はすり切れた畳の上に、小さな座蒲団《ざぶとん》を置いた。

「年は三十一、一流商事会社の課長補佐で、人柄はしっかりしているし……」

主人がまくし立てる男の経歴を秋子は適当に聞き流しながら、うずたかく積まれた古本の山をぼんやりと眺めていた。

「近ごろ、これほどの出物は……いや……ま、ともかく写真だけでも見てやってくださいよ」

主人が腹ばいになって、奥の部屋へ行きかけようとするので、秋子は慌てて声をかけた。

「せっかくだけど、またの機会にしてくださらない。それよりか、ちょっと読みたい雑誌があるんですけど」

主人は苦笑しながら、もとの姿勢にもどった。

「相変わらずだなあ、中田さんも」

『推理世界』っていう雑誌なのよ。ここにあるかしら?」

「あるはずですよ。ほら、その右隅の二段目に推理小説関係の雑誌が並んでいるでしょう。でも、あまり古いのはどうかな。いつのですか?」

「今年の八月号だと思ったわ。推理新人賞が発表になってる号なのよ」

「じゃ、ありますよ。でも、いつから推理小説なんか読むようになったんです。中田さんにしちゃ、めずらしいこったね」

「途中までちょっと読みかけたものでね。やっぱり最後が気になるわ」

秋子はそう言ったが、とりたてて坂井正夫の受賞作を読了しようという気持はなかった。今月の上旬に四万温泉の旅館の一室でその小説を読みはじめたのだが、途中で眠気に襲われて、三分の一ぐらいのところでページを閉じていた。眠気を誘うほどつまらない作品というわけではなかったが、積極的に読み進んでいくほどの魅力にとぼしかった。

秋子がこの古本屋でその雑誌を買おうとしたのは、ほんの気まぐれからだった。だから、八月号の裏に鉛筆で書かれた値段を見て、秋子はもう買う意志を失くしていた。

「高いわね、当月雑誌と大して違わないじゃないの」

「そんなこたあ、ありませんよ」

主人は蛸に似た口許をさらにとがらせて、異議をとなえた。

「二、三か月遅れですからね。定価の七割値は、むしろ安いと思わなくちゃ。表紙だってまだ新しいまんまだし、どこもよごれてないんだから」

「もう少し安くなってから買うことにするわ」

「売れてしまっても知りませんぜ。近ごろじゃ、月遅れで毎月読んでるお客さんが増えてますからね」

「雑誌もひところと比べ、ずいぶん高くなったわ」

秋子は、『推理世界』八月号を書架にもどした。

秋子の吝嗇《りんしょく》ぶりを、妹の聰子がよくこの古本屋の主人のそれにたとえて笑っていたことを、秋子はふと思い出していた。

知らぬ仲ではなし、少し値引くぐらいのことは言ってもよさそうなものだと思った。

「あ、そうそう。バックナンバーといえば、最近、ちょっとめずらしいのが手にはいりましたよ」

と主人は言うと、背後の紙の山に顔をうずめるようにして、一冊の古ぼけた雑誌を引きずり出した。

『山岳』という書名のはいった五月号で、去年の四月に発売になったものだった。新聞広告などで以前からよく眼に留めてはいたが、雑誌を手に取るのはこれがはじめてだった。

「瀬川恒太郎さんが、山岳《やま》の小説を書いているんですよ。この雑誌を見るまで、瀬川さんにこんな短編があるなんて知りませんでしたよ」

父が亡くなる三か月ほど前に書かれたものだが、秋子はあの病床にあった父によくこれだけ体力があったものだと感嘆する思いだった。

一年前の夏の日、いびきをかいて眠り続けたまま、いつのまにか冷たくなっていた父の末期を、秋子は思い浮かべていた。

秋子が『山岳』に掲載された父の作品に眼を通したのは、寝床にはいって新聞を読み終わってからだった。

秋子は半ば眠りかけている意識の中で、三段組みの小さな活字をぼんやりと追っていた。どうにも眠気に抗しきれなくなって、秋子は雑誌を胸許に閉じて眼をつむった。

秋子が、思わずはっとして眼を開けたのは、それから五、六分たってからだった。すぐに眠りにはいれなかったのは、父の作品のせいだったのだ。

冒頭からはじまる夏の山小屋の風景描写は、たしかに以前に読んだものだった。坂井正夫から郵送された『七月七日午後七時の死』の書き出しが、父の作品にそのまま復元されていたのである。

秋子は部屋の灯をつけ、机の前に坐っていた。

父の『明日に死ねたら』を、息を殺すようにして読んでいった。

そっくりなのだ。

秋子は坂井正夫の『七月七日午後七時の死』の原稿を抽出から取り出して、雑誌の傍に並べて置いた。

『明日に死ねたら』は、原稿の文字をなぞるように、坂井の『七月七日午後七時の死』に酷似していた。

第三章　津久見伸助

九月二十五日

津久見が上越線の渋川駅に着いたのは、午後一時ごろだった。

津久見は駅前からタクシーに乗り、四万温泉のくるな旅館と行き先を告げた。

約一時間後に温泉郷に着いた。

車は旅館の建ち並ぶゆるやかな細い坂道の手前を左に曲がった。急なでこぼこした山道が続き、その両側に熊笹が繁っていた。

くるな旅館の玄関に立つと、帳場から頭の禿げた中年の番頭がもみ手をしながら出てきた。

早い時間のせいか、館内は閑散としていた。

泊まるつもりはなかったが、部屋でしばらく寛《くつろ》ぐのも悪くはないと思った。

そのことを番頭に言った。

「どなたか、のちほどお見えになりますんで？」

と番頭は言った。物腰は慇懃《いんぎん》だが、丸い童顔にいやしげな笑いがのぞき見えていた。

「いいや、私一人だ」

珍奇な客と思ったのか、番頭は笑いをひっ込めると不審そうに津久見を見やった。ちょうど従業員の休憩時間にぶつかっていたらしく、番頭が津久見の手荷物を持つと、細長い廊下を先に立って歩き出した。

軽く飛びはねるような恰好で、小柄な番頭は小走りに足を運んでいた。

津久見はこのとき、ある著名な推理作家の顔を思い浮かべていた。Aという推理作家とこの番頭の風貌がよく似ていたからである。

額から頭頂部にかけて禿げあがった小さな童顔が、Aにそっくりだったし、せわしない歩き方もA独特のものだった。

津久見は、渓流がすぐ眼の前に見える小綺麗な部屋に案内された。

閉め切った部屋に渓流の音が、しめやかに聞こえていた。

「実はちょっと訊ねたいことがあるんだがね。なに、手間は取らせませんよ」

津久見は、床の間を背にして座椅子に身を寄せた。

「へえ、どんなことで……」

番頭は無理に作ったような笑顔で、津久見をのぞき込んだ。

津久見が千円紙幣を黙ってテーブルの上に這わせると、番頭の小さな顔が瞬間皺だらけになった。なにかすっぱいものでも呑み込んだような奇妙な表情だが、喜色を満面に表わしていたことに間違いはない。

「じゃ、ビールでも、もらおうか」

と津久見は言った。

津久見の前に小腰をかがめかけた番頭は、慌てて姿勢を立てなおすと、やかましい足音を残して部屋を出ていった。

津久見は窓際に歩み寄り、窓越しに渓流を眺めた。

静かだった。

こんな静寂な環境を執筆の場に選んだ坂井の心境もわからなくはない。

やがて、番頭がビールと酒肴《しゅこう》を運んできた。

「で、お訊ねになりたいというのは、どんなことでございましょう」

番頭は、津久見のグラスに泡だつ液体をなみなみと注いだ。なんでも聞いてくれ、といった顔である。

「実は今から三か月ほど前、つまり六月の下旬なんだが、ここに泊まっていた男の客のことについてちょっと――」

と言いかけて、津久見はテーブルの端に伏せたままのもう一つのグラスを眼に留めた。

番頭も相伴《しょうばん》にあずかる気でいることを知り、津久見はビールを取り上げ眼顔で番頭を促した。

番頭は形式的に辞退の素振りをしたが、すぐにグラスを突きつけるようにさし出した。飲み振りも豪快だった。

「そのお客さんのお名前は？」

番頭は、泡のついた口許を平手で拭った。

「坂井正夫というんだがね。三十歳前後の背の高い男だ」

「三か月前に泊まった坂井正夫という方ですね……」

「うん。小説を書く男でね、この旅館でも書き物をしていたはずなんだが……」

「書き物をなさっていた方……ああ、じゃ、あの方のことですね。ええ、よく憶えておりますよ。だけど、あれは……」

番頭は言葉を切ると、また咽喉を鳴らしてビールを飲んだ。

「あれは今年の六月ではありませんよ。去年の六月でしたよ」

「去年の？」

「ええ、そうですよ」

「そんなはずはないんだが……」

津久見は、半信半疑だった。

坂井正夫があのとき電話で言っていた六月に四万温泉で云々という話は、去年の六月のことだったのか。

「いえ、たしかですよ。あの方がお泊まりになったのは、今年じゃありません。去年の六月だったことに間違いありませんよ」

番頭は断定するように言った。

そうまで言われれば、その言葉を信じないわけにはゆかなかった。

だとすると、坂井正夫は一年も前にあの原稿を書いていたことになる。

去年の六月といえば、新人賞を受賞してまだ間もないころである。

そんな喜びと希望で胸をふくらませていた坂井が、他人の作品を書き写す道理がなかった。

坂井はやはり、この旅館で自分の作品を書き綴っていたとしか思えないのだ。

「そのときの係だった従業員にも、ちょっと会ってみたいんだがね」

と津久見は言った。

ここまできたからには、もう少し詳しく当時のことを聞いておきたいと思ったのだ。

「あのときの係は……ああ、浜子《はまこ》さんだったな。浜子という名の従業員でしたがね、けど、もうここにはいないんですよ。半年ほど前にここに泊まったお客さんにひっこ抜かれましてね。いま水上《みなかみ》温泉の割烹《かっぽう》料理店で酌婦《しゃくふ》をしているはずですよ。あの女には旅館の従業員より、酒飲み相手の商売のほうが性に合っているかもしれませんねえ。飲んべえで、年増じゃありますが、妙に色っぽいところがありましたからね」

「それは残念だな」

津久見は、番頭の空のグラスにビールを注いだ。

「どんなことをお知りになりたいんですか？」

「ここに泊まっていたときの彼の様子なんかをね」

係の女がいないのなら、それも無理だろうと津久見は思った。

「番頭さんの知ってる限りのことでいいから、話してくれないかな。なにか変わったことはなかったかい？」

「そうですねえ。とても静かなお客さんで、あまり部屋からお出になりませんでしたから、私も言葉を交わした記憶がないんですがねえ。浜子の話では、二晩とも机に坐ったきりで書き物をしていたそうですが……」

番頭の丸い眼が、ふと輝いた。

「書き物と言えば、あの方は部屋に大切なノートを忘れていかれましてねえ」

「ノートを？」

「小説の下書きをした大学ノートでした。浜子の話ですと、あの方はそのノートの文章を原稿用紙に書き写しておったそうですがね」

「で、そのノートは？」

「去年六月に、従業員に頼んで小包便で送ってあげましたよ。私どもでは、正式な宿帳を使用していませんので、最初は住所がわからずに困ってたんですよ。でも私には、その坂井正夫という名前に記憶があったんです。『推理世界』という雑誌の新人賞を獲った人と同じ名前だったし、あの大学ノートに書かれた原稿もざっと眼を通したところ推理小説だったもんで、間違いないと思い、雑誌に載っている所番地を書いて郵送してあげたんです」

番頭は、残りのビールを未練たらしく音たててすすった。

「こう見えても私は、昔からの推理小説ファンでしてね。名の通った作品には、まあ大抵眼を通していますなあ」

番頭は、禿げ頭をひとなでした。

金子が坂井の部屋で見たというこの旅館からの挨拶状は、きっとこの番頭のはからいで出したものだろう。

柳沢邦夫の話では、瀬川恒太郎の死後、長女の秋子とかいう娘が坂井正夫に持ち込み原稿を返却したとのことだった。その中には、たしか大学ノートも含まれていたはずである。坂井がこの旅館に忘れたのは、その大学ノートだったかもしれない。

「なんでも、浜子の話では――」

と番頭は言った。

「あの方は東京から電話がはいると、飛び立つようにして慌ててここを発っていったんだそうです。そのとき、うっかり大学ノート入りの紙袋をしまい忘れたんじゃないかと思いますね」

「東京から電話？」

「南療育園という所からでした。ちょうど私がそのとき交換台に坐っていたんでよく憶えているんですよ。それに南療育園という名前は以前新聞で読んで知っていましたからね。あそこは脳性麻痺患者の収容施設なんですよ」

「脳性麻痺患者の？」

津久見は、そのことは知らなかった。

坂井正夫と脳性麻痺患者の収容施設とがどうつながっているのか、津久見には判断するすべもなかった。

しかし、その施設からの電話で坂井が取るものも取りあえずにこの旅館を発った事実は、見過ごしにはできないと思った。

「そうそう……」

番頭はグラスの泡を見つめながら言った。

「坂井さんのことと言えば、あなたと同じようなことをわざわざ訊ねに見えられた方がいましたよ、いつだったたか、浜子がそんなことを言っていたはずです」

「坂井君のことを訊ねに？」

「ええ、一年も前になりますかね。若いきれいな娘さんだったそうです」

「娘……」

「鼻のわきに小さなホクロがあって、髪を長くたらした顔かたちが、なんとかいう流行歌手にそっくりだなんて、浜子は言ってましたけど……」

津久見は手にしたビールを、そのまま宙に止めていた。

一年前に、坂井正夫のことを訊ねにこの旅館を訪れた女性がいる。

その女はいったい何者なのか。

坂井正夫のなにを調べようとしていたのだろうか。

柿の種を頬ばった番頭の咀嚼《そしやく》音も、津久見はまったく気にならなかった。

十月一日

南療育園の玄関をはいり、津久見は受付の小窓で案内を乞うた。

白衣姿の中年の女が事務机から立ち上がり、小窓に近寄ってきた。物腰が落ち着いていて、瓜実《うりざね》顔にもどことなく気品が感じられた。

「どちらさまでしょうか?」

「実はちょっとお訊ねしたいことがありましてね。私はこういう者ですが……」

津久見は、『週刊東西』編集記者という肩書き入りの名刺を出した。なにかを聞き出す場合、この肩書きは意外と役に立つのだ。

看護婦は名刺からゆっくりと顔を上げ、津久見を観察するように見た。

「どんなご用件でしょうか？」

「できれば園長先生にお会いしたいんですが」

「ただいま園長は小児科学会があって、名古屋のほうへ出張しておりますが、帰りは明後日の予定になっております」

「そうですか……」

園長が不在なら、この看護婦を相手にするしかなさそうである。

「実はここでなにかとお世話になっていた男のことで、ちょっとお訊ねしたいんですが。坂井正夫という名前の三十歳ぐらいの男ですが——私は彼の親しい友人です」

看護婦は口の中で、その名前を復唱した。

「坂井さんならたしかに存じ上げておりますが……。去年の六月ごろまでよくご面会にお見えになっておりましたから」

「面会に？　すると、坂井君の知人か誰かが、この療育園でお世話になっていたんでしょうか？」

「そうです。坂井正夫さんのお子さんでした。生まれて一歳たらずの男の赤ちゃんでしたが」

と看護婦は言った。

坂井正夫に子どもがいたという言葉を、津久見はすぐには理解することができなかった。

「その子は脳性麻痺だったんですね？」

津久見は思わず、わかり切ったことを口にした。

「ええ。痙直脳性麻痺で重症児でした。下肢がひどく麻痺していたので整形手術を行なったんですが、手術後四、五日ぐらいで息をひきとりました。たしか、去年の七月上旬のことでしたわ」

「死んだ？」

「私はそれに立ち会ったわけではないので、そのときの詳しい様子は知りませんが、とってもむずかしい手術だったんですが、執刀医の先生の話では手術そのものは一応成功していたといいます。でも、手術後まもなく肺炎を起こしたらしいです」

津久見は、黙ってうなずいていた。

坂井正夫に子どもがいて、その子は重症の脳性麻痺児だった。

津久見には容易に信じられぬことだった。

「その手術に、坂井君はもちろん立ち会ったんでしょうね」

「ええ。立ち会われました……」

と言って、看護婦はふと視線をはずした。なにかを思い出そうとしている顔だった。

「あのときの手術はたしかに執刀医の先生に急な都合が生じて、予定の日より一、二日前に行なわれたはずですわ。坂井さんの出かけ先に私が電話を入れて呼び寄せたんですけど……」

「その出かけ先というのは？」

「電話をした先は、群馬県の四万温泉という所でしたわ」

と看護婦は言った。

坂井正夫が去年の六月下旬に四万温泉に投宿していたことは、やはり事実だった。

話が途切れたとき、玄関のドアが開いて夫婦者と思われる中年の男女がはいってきた。

看護婦は事務室を出て玄関先に現われると、津久見に断わりを言って、夫婦者の前にスリッパを揃えた。

看護婦が二人を案内して廊下に消えると、津久見は煙草をくわえた。

さっきから誰かの視線を受けているように感じていたが、煙草をくわえた瞬間、その正体に気づいた。

事務室に坐っている若い看護婦であった。

透明なガラス越しに瞬間的に視線がぶつかり合い、女はその視線をとっさにはずせないでいた。

女は顔を赤らめ、とって付けたような微笑を浮かべた。

その看護婦は無意味な微笑を刻んだまま、席を立つと受付のほうへ近づいてきた。なにか言いたげなことは、女の上目遣いの表情から津久見にもわかった。

「坂井さんのお友だちですの?」

と女は周囲をはばかるような小声で言った。

津久見は煙草の煙を吐き出しながら、うなずいてみせた。

「私、坂井さんにお返ししなければならないものがあるんです。坂井さんのお宅も訪ねたんですが……お亡くなりになったとかで。それで、今までずっとお借りしたままになっているんです」

「なにを借りたんですか?」

「お金です」

「お金?」

津久見はちょっと驚いて、ガラス越しに女の大きな眼を見つめた。

「去年の、七月はじめのころでした」

女は小声で話を続けた。

「その日、休暇がとれたので、姉夫婦の子どもたちを連れて芝《しば》公園へ行ったんです。ところが私がぼんやりしていて公園にはいって早々にお財布をどこかに落としてしまったんです。あのときはまったく途方にくれてしまいましたわ。遊ぶのは諦められても、一銭もなくては帰るに帰れなかったからです。でも、運がよかったんですわ。公園の入口を出た所で、ばったり坂井さんにお会いしたんです。坂井さんに帰りの電車賃だけでもお借りしようと思って訳をお話ししたんです。そしたら、坂井さんは気前よく一万円札を一枚貸してくださったんです。そのおかげで子どもたちも公園で遊んだり食事をすることができましたし、ほんとに大助かりでした。坂井さんは返済はいつでもいいとおっしゃってくださったんですが、私としてはそうはまいりませんわ。浜松町《はままつちょう》のアパートに、一週間ぐらいたってから訪ねていったんです。そしたら、坂井さんはお亡くなりになっていて……」

津久見は女を見つめた。

話の中に、決して聞き流しにはできない言葉が交じっていたからだ。

「あなたが坂井君のアパートを訪ねたのは、いつだったと言いましたか？」

「去年の、七月中旬のことですわ」

「今年じゃないんですね？」

「もちろんですわ」

女は、けげんな面持で言葉を続けた。

「坂井さんは去年の七月に自殺なさったんですもの。私が訪ねた四日ほど前にお亡くなりになったとか、アパートの管理人さんがおっしゃってましたわ」

「坂井君の住まいは、たしか浜松町だとおっしゃいませんでしたか？」

「ええ。港区の芝浜松町三丁目です。私がばったりお会いしたとき、坂井さんは散歩の途中だったんです。坂井さんは私の話を聞いてアパートまでお金を取りにもどられたんですが、そのとき私たちも一緒にアパートの玄関まで行きましたの。そのアパートは芝公園と目と鼻の先の所にあったんです。木造建ての可愛らしいアパートでしたわ」

津久見はまじまじと女を見つめたまま、言葉を呑み込んでいた。

坂井正夫のアパートは、港区芝浜松町にあったという。

そして坂井正夫が死んだのは今年の七月ではなく、一年前の七月だった。

津久見は、いきなり次元の異なる世界へ引きずり込まれたような錯覚を感じた。

坂井正夫が今年の七月七日に北区稲付町にある光明荘アパートで死んだという事実が、架空の出来事のように思えた。

「このお金を――」

と女はいつ用意していたのか、薄紙の小さな包みを受付の小窓から津久見のほうにさし出した。

「ご家族の方にでもお返ししていただきたいんですけど。たしか去年の八月ごろだったと思いますが、坂井さんが自殺なさって一か月ぐらいたってからでしたが、やはり坂井さんのことを訊ねに見えられた若い女の方がおりました。その方にお願いしようとも思ったんですが……」

「若い女が、ここへ訪ねてきたんですね？」

津久見は相手の言葉をもぎ取るようにして訊ねた。

「で、どんな女でしたか？」

「長い髪をした、眼のきれいな人でしたわ。そうそう、鼻のわきにちょっと目立つホクロがあったはずです」

「ホクロ……」

鼻のわきにホクロのある、長い髪をした若い女——。

去年、四万温泉のくるな旅館を訪ねた女の容貌とまったく一致するのだ。

その女は、やはり去年の夏、この南療育園を訪ねてきている。

津久見が追及している坂井正夫と、四万温泉で原稿を書き、この療育園に脳性麻痺児を預けた坂井正夫とは明らかに別人である。

柳沢邦夫の妹を自殺に追いやった坂井正夫は、今年の七月七日に北区稲付町にある光明荘アパートで死んだ。

一方の坂井正夫という男は、去年の七月、港区芝浜松町のアパートで死んだ。

津久見は看護婦のさし出した紙包みを相手に押しやってから、入園患児の父だった坂井正夫という男の詳しい住所を聞いた。

第四章　中田秋子

十月二日

机上の電話が鳴った。

「中田さんにお客さまです」

若い交換手が、持ち前の事務的な声で言った。

「坂井さん、とおっしゃる男の方です。ロビーでお待ちになってます」

「誰かしら?」

「えっ」

坂井と聞いて絶句したが、次の瞬間、秋子は雑誌の写真で見た坂井正夫の顔をあらためて思い起こしていた。

坂井がいつかは姿を現わすだろうと予期してはいたが、いきなり会社におしかけてくるとは思いがけなかった。

坂井は、いずれは会わねばならぬ相手だった。

「そう、ありがとう」

受話器をゆっくりと置いてから、秋子は四階からエレベーターでロビーに降りた。秋子の足音を聞くと、ソファに背を向けて坐っていた男が、立ち上がりながらこちらを振りかえった。

グレイの背広をきちんと着込んだ長身の男だった。

「中田です」

秋子は相手の前にまわって、軽く一礼した。

「はじめまして、坂井正夫です。一度電話したんですが。お留守だったようで」

「あら、そうですか」

同僚が受けた、名前を告げなかった若い男からの電話が、それだろうと秋子は思った。

「ちょうどこの近くまできたもんですから。突然おじゃましちゃって、悪いとは思ったんですが……」

「どうぞ、おかけになって」

「別に、これという用事があったわけじゃありませんがね、ただ、ちょっと……なかなか、りっぱな会社ですね」

そう言って、男は周囲を見まわしながら、長身をソファに沈めた。

そして、額にたれさがった髪の間から、秋子をのぞき見るようにした。からみつくような、ねばっこい視線だった。

雑誌の写真からではそれと感じ取れなかったが、眼の前の坂井は彫りの深い陰鬱そうな顔をしていた。

雑誌に書かれていた二十九歳という年齢より、ずっと老《ふ》けた感じを与えるのは、この陰気くさい風貌のせいかもしれない。

「推理新人賞を獲られた例の作品、おもしろく拝見しましたわ」

相手の視線を振りはらうようにして、秋子は言った。あくまで儀礼的な意味合いで言ったものだった。

「ほう、そりゃ光栄ですな。あれはあくまで習作のつもりで書いたんですが、まさか受賞するとは思ってもいませんでしたね。意外と評判がいいんで、ちょっと気をよくしてるとこです。いま第二作目を書いているところなんですが、来月号には掲載されるはずですよ。せっかく摑んだチャンスですからね、これを機会にじゃんじゃん書きまくるつもりです」

「楽しみにしてますわ」

秋子は苦いものでも嚙みつぶすような気持で、相手を見つめていた。

「亡くなった坂井さんと同姓同名の人と、こうやって話をするなんて、なんだか妙な気持ですわ」

と秋子は言った。

同じ坂井正夫でも、すべてが異質だった。

秋子は亡くなった坂井正夫の清潔な感じのする顔を、ふと思い浮かべていた。

「あの坂井さんも気の毒なことをしましたね。自殺だったそうですが……」

「さあ。私にはわかりませんわ」

遠賀野律子の冷たく整った顔が、秋子の脳裏をかすめ通った。

「なにか、遺書のようなものはなかったんですか？」

「それらしいものは、なにも――」

『七月七日午後七時の死』の原稿のことは、黙っていた。

「そうですか――」

「でも、どうして、あの坂井さんの事件のことをお知りになったんですか？　新聞には、なにも出ていなかったと思いましたけど」

「ええ。調べてみたんですが、新聞には一行も報じられていませんでした。世をはかなんでの自殺なんて、珍しいことじゃありませんからね。私がその事件を知ったのは、ちょっとした偶然のきっかけからでしてね」

「それで、どんなご用かしら？」

と秋子は言った。

「ええ、いやなに、大したことじゃないんですが」

坂井は不揃いな歯をのぞかせて、あいまいな笑いをつくった。

「坂井君も小説を——推理小説を書いていたそうで、同姓同名、それに同好の士というわけで、少なからず親しみが湧きましてね。坂井君は、なにか同人雑誌のようなものにはいっていらしたんですか?」

「たしか、同人グループには属していなかったようですわ。でも、先生にはついていましたわ」

「ほう、誰にですか?」

「瀬川恒太郎です。私の父です」

「あの、去年亡くなられた瀬川さんはあなたの……。そうですか。坂井さんはどういう傾向のものを書いていたのか、ご存じですか?」

「さあ。読んだといっても短い原稿を一つか二つですから、どんな傾向と言われても……でも、そんなことお聞きになってどうなさいますの?」

秋子は陰鬱そうな相手の顔を、じっと見入るようにした。

「いや、別に意味はありませんよ」

坂井はとってつけたように笑うと、腕時計をのぞいた。

「もうすぐお昼ですな。どうですか、一緒に食事でもしませんか?」

「でも、お昼休みは組合の職場会議があって……」

秋子は、体《てい》よく断わった。

「残念だな。じゃ、次の機会にしましょう。また会っていただけますね？」

熱気をはらんだような眼が、秋子に向けられていた。

「坂井さんはどちらにお住まいですの」

「赤羽です。駅の西口を出てすぐ近くにある、光明荘というアパートです。神社の横から坂をのぼりつめて、右に二、三十メートルも行ったところで、すぐにわかりますよ。よろしかったら、ぜひ、いらしてください」

「赤羽なら帰り道ですわ」

坂井は長身をゆっくりと起こすと、秋子に短い視線を投げかけ、玄関を出ていった。

ややそり身の姿勢で舗道を歩いていく坂井の後ろ姿を、秋子は自動ドア越しにしばらく見つめていた。

第五章　津久見伸助

十月十六日

港区芝浜松町三丁目にある真珠荘アパートは、二階建ての古い木造建築だった。たてつけの悪い玄関をはいったすぐ右手の部屋が、管理人室になっていた。

その部屋のドアから顔を出したのは、乳飲み児を抱きかかえた肥った中年の主婦だった。

津久見は用意してきた洋菓子の箱を出し、坂井正夫のことについて聞きたいと用件を言った。

菓子折りの包み紐の間に、編集部記者という肩書き入りの名刺をはさむことも忘れなかった。

女は乳飲み児と菓子折りを両脇にかかえ込むと、人の好さそうな笑顔を作った。

女は乱雑にちらかった奥の部屋に、津久見を請じ入れた。

津久見はまず、坂井正夫という男の死の当夜の模様を女に訊ねた。

「坂井さんが亡くなったのは去年の七月の七日でしたわ。あんまり恐かったんで、今でもその日のことはよく憶えているんですよ。最初に見つけたのは、この近所の上州屋《じょうしゅうや》という酒屋の主人なんです。店のお勘定を請求にきたらしいんですが、ドアをノックしても返事がないので、ドアの小さなのぞき窓から中をのぞいたんだそうです。そしたら三畳の部屋の敷居のところに、坂井さんが両手を拡げるような恰好でうつ伏せに倒れていたんですって。酒屋の主人の話を聞いて、私も慌てて二階へ駆けつけたんですが、ドアには内側から鍵がかかっていて開かないんですよ。ですから、持っていた合鍵を使ったんです。ドアの鍵はそれで開いたんですが、ご丁寧なことにドアチェーンがかかっていたんですよ。ご存じでしょうが、ドアチェーンは外側からはかけることも、はずすこともできないでしょう。仕方ないんで男の人の手を借りて、ドアの板戸を打ち破ることにしたんです。やっとのことでドアに穴を開け、そこから手を入れてドアチェーンをはずすことができたんです。部屋にはいったとき、もう坂井さんは手遅れの状態で、ぴくりとも動きませんでしたわ、口から血の塊《かたまり》が垂れ落ちていて……。ジュースの中に青酸カリをまぜて、ひと息に飲んだらしいんですよ」

女は顔をしかめて、言葉尻をにごした。

正座するのが習慣づいていないのか、女はさっきから窮屈そうに居ずまいを正していた。

「それは、何時ごろのことだったんですか?」

「七時半ごろでしたわね。ちょうどテレビのキックボクシングの終わりかけたときに、二階から酒屋の主人が転がるように駆け降りてきたんです。警察の人の話では、青酸カリを飲んだのは七時ごろだったとか言っていましたわ」

「七時……」

七月七日の午後七時――。

その日時は、そのまま推理作家坂井正夫の死亡日時でもあるのだ。

一年という歳月の間隔があるとはいえ、坂井正夫の死とすべてがよく符合している。

鍵のかかったアパートの自室という死亡現場。

その死亡日時。

そして青酸カリを嚥下しての服毒死。

偶然にしては、あまりにも事態が酷似していた。

「その坂井さんの事件のことは、新聞かなにかに出ていましたか？」

と津久見は訊ねた。

友人の坂井正夫と同姓同名の男が死んだという記事を、津久見は眼に留めた記憶がなかったのだ。

「私も、あちこちの新聞を見たんですが、そのことはどこにも出ていませんでしたわ。テレビやラジオでも、報道しなかったと思いますよ。坂井さんは小説を書いてはいたものの、決して有名じゃありませんでしたからねえ」

「坂井さんという人は、どんな生活をしていたんですか？」

と津久見は質問を続けた。

「製薬関係の会社にお勤めでしたが、正式な社員ではなかったようですよ。部屋で本を読んだり書き物をなさっていることが多かったようですわ。サラリーマン生活は性に合わないって、口ぐせのように言ってましたっけ。そういえば、無口で気の弱そうな人でしたわ」

「坂井さんのご家族は?」

「一人ぐらしでしたよ。両親は小さいときに悪性の伝染病に罹って相次いで亡くなったとかで、身寄りというのは北海道に嫁いだ妹さん一人だけだったはずです」

「坂井さんには、子どもさんがいたという噂もあるんですが……」

「あの坂井さんに子どもが? そんなの嘘に決まってますわよ」

女は言下に否定したが、その根拠はきわめて稀薄なもののようだった。

女はそう言うと、ふくらんだ顔にかすかな笑みを浮かべて、津久見を見やった。

「でも、坂井さんって人、あれでなかなかいい男だったから、女性関係のほうも案外と発展していたかもしれませんわね。たまにだけれど、若い娘さんが訪ねてきていましたよ。長い髪をした、きれいで、利口そうな顔だちの人で——」

「長い髪……じゃ、その女の人の鼻のあたりにホクロがありませんでしたか?」

「ええ、ありましたよ。あら、ご存じだったんですか、中田さんのこと——」

「中田？」

「たしか、中田秋子さんっていう名前の方でしたわ。名刺をもらったことがあるんです。国電の飯田橋駅前にある、なんとかっていう医学関係の出版社に勤めている方で、坂井さんにも編集の仕事を手伝ってもらっていたんだそうですよ。なんでも、有名な小説家の娘さんだとか、坂井さんが言ってましたわ」

「すると、彼女は瀬川さんの……」

鼻のわきにホクロのある若い女、中田秋子なる女は、瀬川恒太郎の娘だったのか。

中田秋子はなんの目的があって、このアパートの住人だった坂井正夫という男の跡を追って、南療育園や四万温泉を訪ねたのだろうか。

さっきから、ベッドの乳飲み児がかぼそい声をあげてしきりとむずかっていた。

女は、そのことはいっこうに意に介していない様子だった。

「坂井さんの自殺の原因は、なんだったんですか？」

「一年前にも、そのことで警察の人からうるさいほどいろいろ聞かれましたわ。それというのも、遺書らしいものがなにも見つからなかったからなんでしょうけどね。私たちにも見当がつかないんですよ。警察でも、原因はわからずじまいなんじゃないかしら？」

女は肥った顔の筋肉を、そのとき心持ち歪めるような表情をした。

乳飲み児のむずかりに神経をとがらせたのかと思ったが、その顔は津久見に向けられたままだった。

「私、以前から、ちょっと気になってることがあるんですが……」

と、女はどこかたどたどしい口調でそう言った。

「気になること？」

「遺書のことです。あれが、もしかしたら坂井さんの遺書だったんじゃないかと、そんな気もするんです……」

「遺書？　もう少し詳しく話してくださいませんか――」

「いえ、そんな大したことじゃないんですけどね……去年の七月のはじめごろ、そう、坂井さんが亡くなる二、三日前のことだったと思います。夕食後、ちょっと用事があって二階の坂井さんのお部屋を訪ねたときのことなんです。坂井さんは机に向かって書き物をしていたんですが、そのときの様子がなんだかいつもの坂井さんと違っていて、とても不機嫌そうで、話の仕方にしても突慳貪なところがあったんです。坂井さんが机から離れたとき、なにをあんなに熱心に書いているのだろうかと思い、机の上の原稿用紙をちょっとのぞいて見たんです。清書されたきれいな原稿で、五、六十枚ほど積み重ねてあったんですが、いちばん上の原稿用紙には、活字のようにきちんとした坂井さんの字で、題名が書かれてありました。私そのときは、ずいぶん長ったらしい変てこな題名だな、ぐらいに思っていたんですけど、あとになって――坂井さんが亡くなってから、ふと、その題名を思い出したとき、私は思わず、はっとしてしまったんです……」

女はひと息つくように、言葉を切った。

「七月七日午後七時の死——というのが、坂井さんの原稿の題名だったんじゃありませんか？」

と、津久見は言った。

「ええ、そうなんですよ。あの原稿には、はっきりとそう書かれてありましたわ。坂井さんは七月七日に、それも夜の七時ごろ亡くなったんです。死んだ日と時刻が、あの題名とまったく同じだとしたら、あの原稿が坂井さんの遺書じゃなかったのか、と思ったとしても不思議はないでしょう？」

「そうかもしれませんね。で、そのことは警察にもお話しになったんですね？」

「ええ、話しましたよ。知ってることを話さないでいて、あとでとやかく言われるのは嫌ですからねえ」

警察が、そのことをないがしろにしたとは考えられない。

「でも、おかしいんですよ」

と女は言った。

「坂井さんの遺品の中には、そんな原稿なんてどこにもなかったんです。警察の方が捜してそう言うんですから、間違いないと思うんですけど、あの原稿は、坂井さんの部屋のどこからも発見されなかったんですよ」

「おかしいですね」

「下書きをした原稿があるんじゃないかと思ったんですけど、それも見つからなかったようなんです」

「――」

一年前の七月七日にこの真珠荘アパートで死んだ坂井正夫なる男は、『七月七日午後七時の死』と題した原稿を書き残していた。

津久見の友人である推理作家の坂井正夫は、それをそっくり真似るようにして、今年の七月七日に死んだのだ。

ベッドの乳飲み児が、そのとき疳高《かんだか》い泣き声を発した。

神経を苛立たせるような泣き声が、いつまでも続いていた。

津久見の神経の高ぶりは、だが、この乳児とは関係のないものだった。

十月十七日

第六章　中田秋子

秋子が書留便を受け取ったのは、その日の十一時ごろだった。

著者から原稿をもらって編集部にもどってくると、机の上に白い書状封筒が置かれてあった。

差出人の名は、大河内真佐子と記されていた。

秋子は机の前に立ったままで、封をちぎった。

封筒から出てきたのは、四つ折りにされた二通の手紙だった。

一通は、女物らしい薄い色模様を浮かし刷りにした二枚の便箋だった。

律義だが、どこか稚拙《ちせつ》な感じの楷書体の文字がそこに並んでいた。

前略

妹の律子と旗波が、過日、加賀市の県道で交通事故に遭い他界いたしました。

私をはじめ故人たちに特別なご関心をお示しのあなたに、このことはお知らせしなければいけないと思い、お手紙いたしたしだいです。

先日、律子の部屋の遺品を整理しておりましたら、机の抽出の奥から一通の手紙が出てまいりました。

それは私あての親展の手紙だったのです。

しかし、私がそれを受け取った記憶はまったくございません。

それは坂井正夫さんからの手紙でした。

律子が坂井さんからの私あての手紙を横取りしていたのも、自分の悪事をおおいかくすためだったのです。

律子の死後、信じられないような事実が次々と明るみに出され、律子という女の恐しさを、あらためて思い知らされました。

律子は六百万近い大金を、銀行に預けていたのです。

それが、坂井さんに手渡すべく私が律子にことづけたお金であることは、通帳の預け入れ月日を確認するまでもなく、明白でした。

律子が七月七日に、坂井さんにお金を渡す約束をしていたことは、同封の坂井さんからの手紙にも記されております。

しかし、律子には、坂井さんにお金を渡す気持などなかったのです。

六百万の預金をそのままにし、手ぶらで上京しようとした目的は、坂井さんを亡きものにするためだったのです。

律子が殺害の日に七月七日を選んだのは、坂井さんの手紙からわかったことですが、坂井さんの死を自殺に偽装するためだったのです。

秘書の旗波が律子に加担していたことは、律子にあてた旗波の手紙から知りました。七月七日の、カメラによるアリバイ工作を思いついたのも旗波で、手紙にもそのことがこまごまと書かれてありました。

このたびの律子と旗波の不慮の災難は、天のくだした誅罰《ちゅうばつ》——自業自得と申せましょう。

そしてまた、隆広を捨て、坂井さんを死に追いやった私の身にも、早晩同じような天誅がくだることでしょう。

同封した坂井さんからの手紙をよく読んでいただければ、このたびのことがさらに、いろいろとおわかりになり、あなたも充分に納得なさることと思います。

なお、ご用済みの折は、必ずご返送下さいますようお願い申しあげます。

かしこ

秋子はもう一通の手紙を手に取った。それは三枚ほどの原稿用紙だった。

秋子は原稿用紙の折り目をなおして、机の上にひらいた。

きちんとした楷書体の坂井正夫の文字が、小さな枡目《ますめ》に窮屈そうに納まっていた。

いきなり、二つの文字が眼に飛び込んできた。

秋子の視線は、いつまでもその冒頭の二文字に凝結していた。

空虚なものが、体のどこかを流れていった。

遺書
みずから命を絶つ所業ほど恐しく、また勇気を必要とするものはないと、臆病な私は常より考えておりました。

いま、そうしようとしている私に、少しの恐怖も動揺もないことが不思議でなりません。

真佐子さん
隆広は一昨日、息を引きとりました。死んでしまったのです。

隆広は一週間ほど前に、下肢の拘縮《こうしゅく》を除き去るための整形外科手術を受けたのですが、術後四日目に肺炎に罹ってしまったのです。

隆広の死因は、鼻口閉塞による呼吸停止でした。

一昨日、療育園の病棟に見舞ったとき、隆広は息遣いが苦しそうで、上半身をせわしなく小さく左右に動かしていました。

薄い毛布が顔にかかってきても、隆広にはそれを払いのける力さえなかったのです。

医師は、症状は軽いので、心配はいらないと慰めを言っていました。

私はそんな隆広をしばらくじっと見つめていたんです。

そのとき、恐しい考えが私の全身を金しばりにしていたのです。

それは、そのときいきなり私を襲ったものでしたが、私は以前からずっと意識の下にそれをかくし持っていたような気がするのです。

成長したとて、いったいどんな幸せが隆広に訪れてくるというのでしょうか。

施設の絨毯の上を目的もなく這いずりまわるだけの生活しか、隆広には訪れてはこないはずです。

くだくだしく書き綴るのはやめます。

真佐子さん
隆広を窒息死させたのは、父であるこの私なのです。

私は枕許にあったガーゼを水にひたし、それを隆広の口許に押し当てたのです。

隆広はそのとき、いきなり薄く眼を開け、私の顔をじっと見つめていました。

隆広が少しでも危害を払いのけようと身動きを示していたら、私はその行為をそこで放棄していたと思います。

隆広は顔の筋肉ひとつ動かそうとせず、眠るように両眼を閉じると、そのまま息絶えてしまったのです。

あのときのなにか物言いたげな隆広の眼を、私はいまでも忘れることができません。

私は隆広を殺してしまったのです。

この罪過は、生あるかぎり私から離れ落ちるものではありません。

残された唯ひとつの道を選ぶことに、私は少しのためらいも感じていません。

人に踏みつけられ、利用されてばかりいた、まるでおもしろくもないこれまでの人生です。未練などありません。

やることなすこと、すべてが裏目に出て、いいかげん嫌気がさしていたところです。

一か月ほど前から、ひまをみて少しずつ創作の筆を執っていました。以前に書いた作品を清書していたのですが、やっと昨夜完成しました。

この作品を書いているとき、ちょうど居合わせていた律子さんが、その題名を見て、まるで遺書みたいね、と言ったことがありましたが、結果的にはそうなったようです。

題名の『七月七日午後七時の死』の同日時にまさに死のうとしているからです。

そんな題名をつけたときには、別にその日に死のうなどという気持はなかったのですが、隆広を死に至らしめたときから、死ぬ日をいつしか心の片隅で七月七日と決めていたような気がします。

あのとき、すぐに死ねなかったのは、あるいはその創作のせいだったと言えるかも知れません。

なぜだか、その作品をそのまま中途にして死にのぞむことができなかったのです。清書しおわっても、ある事情があって公《おおやけ》にはできないものですが、私のいちばん好きな作品です。

下書き同然のままでほうっておきたくなくって清書をはじめたものが、私の遺書代わりになるとは、ちょっと皮肉な気がします。

七月七日午後六時　　坂井正夫記

追伸
一時間ほど前に、律子さんから電話がありました。

東京行の便が欠航したとかで、こちらにこられなくなったというのです。

今日、律子さんと会う約束がしてあったことなど、すっかり失念していました。

もう三百万円という金は、まったく必要のないものになりました。

律子さんは日を改めて持参すると電話で言っておられましたが、その必要のないことはあなたからお話しになってください。

第七章　津久見伸助

十月十七日

津久見は軽く朝食を済ませると、すぐに二階の書斎にもどった。

締切を明後日にひかえた『山岳』へ渡す短編が、まだ半分も仕上がっていなかった。

昨日から筆が思うように走らないのは、元来が遅筆型の津久見にはめずらしいことではないが、原因はそればかりではなかった。

坂井正夫の事件が頭の片隅にこびりつき、それが創作の思考を空転させていたのである。

津久見は書きかけの原稿用紙を乱暴に丸めて捨てると、それをしおに机を離れた。

坂井正夫の一件をすっきりさせてから、創作に取り組んでも遅くはない、と津久見は考えなおしていた。

坂井正夫事件の真相は、薄いベールのすぐ背後にあったのだ。そのベールの端に、すでに津久見の手はかかっている。

津久見は、来客用のソファに身を横たえていた。

これまでに判明した事実を、もう一度順を追ってなぞってみようと思った。

まず、南療育園を訪ねて明らかになった事実だ。

一年前の六月下旬に群馬県の四万温泉、くるな旅館に投宿していた男は、北区稲付町にある光明荘アパートの住人、坂井正夫ではない。

津久見とは一面識もない、坂井正夫という男だったのだ。

くるな旅館の一室で原稿を書き、その下書きの大学ノートを部屋に置き忘れてきたのは、真珠荘アパートの住人、坂井正夫という男だったのだ。

港区の真珠荘アパートの坂井正夫は、去年の六月にくるな旅館に泊まり、子どもの手術を告げる東京の南療育園からの電話で、慌てて宿を発った。

そして、部屋の片隅に大学ノートなどのはいった紙袋を置き忘れてしまったのだ。

くるな旅館の番頭は推理小説の愛好家で、『推理世界』誌上に発表された坂井の受賞作を読んでいた。

だから番頭は、その大学ノートが北区稲付町の光明荘アパートの坂井のものであると勘違いし、雑誌に載った所番地を表書きして、坂井あてに郵送してしまったのだ。

光明荘アパートの坂井は、その小包便を解き、誤配と知った。

そう知りつつも、坂井はその大学ノートを自分の手許に置いたままにしていた。

そして後日、第二作目の作品に難渋し続けるようになった坂井は、その大学ノートの創作をおのれの作品として編集部に渡したのだ。

四万温泉で書き上げたなどと、坂井が津久見たちに虚言を弄したのも、坂井らしい性格のあらわれで、やはりそれなりにうしろめたさを感じていたからであろう。

だがしかし、坂井正夫という男の創作を盗作していたのは、坂井一人ではなかったのだ。晩年に至り文才の枯渇した老大家、瀬川恒太郎もその大学ノートの創作を写し書いていた一人だった。

大学ノートから盗んだ作品が、それより以前に、瀬川恒太郎の手によってすでに書かれ、発表されていたという皮肉な運命のいたずらに、坂井は翻弄されていたことになるのだ。

坂井正夫という男の持ち込み原稿であるあの大学ノートは、瀬川恒太郎の病没後、長女の秋子の手によって、持ち主に返却され、そして誤配というハプニングにより坂井正夫の手に渡った。

その大学ノートは、今となっては、一文学青年の単なる創作ノートなどではないのだ。

小説の申し子とまでうたわれた瀬川恒太郎の華やかな作家としての人生が、その一冊のノートによって、汚濁にまみれたものに塗り替えられてしまうかもしれないのだ。

しかし、その大学ノートは、現在、いったい誰の手に渡っているのだろうか。

今年の七月に死んだ坂井正夫の遺品の中にでも、まだまぎれ込んだままなのだろうか。

しかし、柳沢邦夫が坂井の遺品を当たってみたが、それらしいものはなにも見つけ出せなかったと言っていた。

柳沢邦夫は瀬川の盗作の秘密を知っていたが、原作者が同姓同名の坂井正夫という男であったことは知らない。

四万温泉の旅館に坂井正夫という男が大学ノートなどを入れた紙袋を置き忘れ、それが坂井正夫の許に誤配されたことも、柳沢は知らなかったはずである。

津久見は煙草をくわえた。

ライターを点火しようとした手が、ふと動きを止めた。

大学ノートの誤配の事実を知っていたかもしれない一人の人物に、そのとき津久見は思い当たったのだ。

鼻のわきにホクロのある、長い髪をした若い女——。

飯田橋にある医学関係の出版社に勤めている中田秋子という女で、柳沢邦夫の話では、父親にことのほか可愛がられていたという瀬川恒太郎の長女だ。

その中田秋子は、港区の真珠荘アパートの坂井正夫という男と交際があった。

彼女は、死んだ彼のことを訊ねるため、一年前の九月に、四万温泉のくるな旅館を訪れているのだ。

そこでなにを調べようとしていたかはわからなかったが、置き忘れていった紙袋が、その持ち主とは別の、坂井正夫の許に誤って郵送されていた事実を彼女は知っていたはずである。

誤配の事実を知った中田秋子は、そのとき当然、赤羽の光明荘アパートに住む坂井正夫のことを知ったはずだ。

中田秋子は、その大学ノートがいかなる意味を秘め持ったものかを知っていたのだろうか。

知っていたとしたら――。

津久見は、じっと宙の一点を見つめていた。

知っていたとしたら、中田秋子が黙って手をこまねいていたとは考えられない。赤羽の坂井との間に、なんらかの接触があってしかるべきだ。

津久見の思考は、さらに展開した。

あの大学ノートは、もしや、中田秋子の手の中にあるのではなかろうか――。

津久見は中田秋子という女性について、詳しく調べてみようと思った。

エピローグ

昭和四十八年七月七日

中田秋子は人波を縫うようにして、赤羽駅の西口を出た。

腕時計の針は、午後六時を少しまわっていた。

妙に落ち着いている自分が、秋子には不思議に思えた。

これならば、すべてがうまくいくと思った。

秋子は線路ぞいの商店街を通り抜け、右手の坂道に足を運んでいた。

坂井正夫を殺そうと計画したことが、秋子にはふと絵空事のように思えてきた。

坂井には、なんの怨恨も持ってはいなかった。

道をはずれたことに手を染めてしまった坂井が、不運といえば不運だった。

秋子が自ら進んで坂井正夫と交際を持つようになったのは、最初は、あることをはっきりと確認したいがためであった。

川口駅前の古本屋から買わされた古雑誌『山岳』五月号に載った瀬川恒太郎の作品を読

み、秋子はそれが正夫から郵送されたあの『七月七日午後七時の死』とそっくりなのを知った。

秋子はてっきり、正夫が父のその作品を真似て書き写したのかと思ったのだった。

だが、正夫が郵送してきた原稿が、四万温泉で大学ノートから清書したものであることと、その大学ノートが父の許に持ち込まれたものであったことに気づくと、秋子の胸に疑惑が生じた。

父の『明日に死ねたら』は、持ち込み原稿の一つである正夫の大学ノートから盗作したものではないのか、と秋子は考えるようになったのだ。

人に踏みつけられ、利用されてばかりいた、まるでおもしろくもない人生——という正夫の遺書の文面から推しはかっても、父への疑惑は深まるのだった。

正夫は父の盗作を知っていて、口をとざしていた、と解されるからだ。

すべては、父の死後、秋子が正夫に返却したその大学ノートを調べればわかることだった。

秋子はそのとき、原稿用紙の作品だけを拾い読みし、大学ノートの中味に関してはなにも知らなかったのだ。

その大学ノートは、四万温泉の番頭の勘違いによって、赤羽に住む坂井正夫の手に渡っていた。

秋子は大学ノートの中味を確認するために、坂井のアパートに出入りをはじめた。新しい年になって、坂井を訪ねたとき、秋子はブックエンドの片隅に無造作に立てかけてある大学ノートを眼に留めた。

秋子は坂井の眼をかすめて、ノートのページをひらいた。

明らかに正夫の筆跡である。

最初のページに七月七日午後七時の死、と大書されてあることから、父瀬川恒太郎の不詳事は、はっきりと証明されたのだ。

「おもしろそうな題名ね」

坂井に見とがめられ、秋子は急場しのぎにそう言った。

坂井はひったくるように秋子からノートを奪うと、

「まだ、不完全なんだよ。折をみて、ゆっくりと書きなおしたいと思っているんだ。かなり前に書いたものなんで、文章なんかも幼稚でね」

と言った。

「じゃ、いつか発表なさるのね？」

「機会があればね」

と言うと、坂井はノートを音をたてて閉じた。

坂井が秋子に近づき、亡くなった正夫の作品のことなど、秋子にあれこれと根ほり葉ほり聞いたのは、大学ノートの創作を盗用するという下心があったからだ。

大学ノートには、おしまいのほうに中田秋子の名前がメモ書きされてあった。

坂井が、原作者の正夫とつながりがある秋子の存在に注意を向けたのも、用心のためかららであろう。その創作を秋子が知っていたかどうか、確かめておく必要があったからだ。

秋子の住所や勤務先のことは、正夫のアパートの管理人からでも、それとなくさぐり出していたのだろう。

坂井が当時から、受賞後の第一作が書けないで苦悩していたことは、秋子も知っていた。

坂井がいずれ、大学ノートの創作を原稿用紙に書き写して編集部に届けるであろうことは、秋子にも予想できるのだ。

そうなったら、いったいどんな事態が惹《ひ》き起こされるであろうか。

考えるまでもないことだった。

早晩、瀬川恒太郎の『明日に死ねたら』の模倣だと指摘される。

坂井は驚き、それを否定する。

問いつめられ、やがて坂井は誤配された大学ノートからの盗用だと白状してしまう。

ついでに、大学ノートの原作者が、かつて瀬川恒太郎に師事していたことがわかってしまえば、父の非行はたちどころに暴露されてしまうのだ。

是が非でも、そんな事態は避けねばならなかった。

秋子が幼少のころから、こよなく愛し、尊敬していた父に、いまさら汚名を着せることは許されない。

そもそもの非は、あの大学ノートや原稿をわざわざ正夫の許に返しに行った秋子にあった。

父の遺品を整理していた継母の克枝は、持ち主の所番地の不明な持ち込み原稿を、後日焼却しようとして部屋の片隅に積み上げておいたのだ。

秋子が正夫の原稿やノートをその中から引き出しさえしなかったら、父の不名誉な秘密は灰と化し、世に知られることはなかったはずなのだ。

正夫に対する一時の好意がこんな事態を呼んだことに、秋子は責任に似たものを感じていた。

自分で播《ま》いた種は、自分で刈るしかない。

最悪の事態を回避する一つの方途は、坂井の手にある大学ノートを奪いかえすことだった。

だが、ノートを処分しても、坂井の口をふさぐことはできない。

秋子は迷っていた。

五月中旬ごろのことだった。坂井は大学ノートの創作を、原稿用紙に清書しはじめたのである。

「読みかえしてみたら、そんなに悪いもんじゃなさそうな気がしたんでね。ひとまず、整理だけでもしておこうと思ってね」

坂井はそんなことを言って、熱心に万年筆を走らせていた。

秋子は、このとき決心したのだ。

坂井を抹殺する以外に、父の秘密を陰蔽する方途はなかった。

だが、ここで不測の事態が持ち上がったのである。

それは、坂井が想像したよりも短時間で清書を終わり、編集部へそれを届けたことだった。

秋子がそのことを知ったのは、坂井からの電話で、原稿が採用されたと聞かされたときだった。

秋子は、さすがに慌てた。

だが、落ち着いて考えてみると、あの原稿が採用されたということは、編集部が父の『明日に死ねたら』の模倣だと気づかなかったことを意味するのだ。

秋子は編集部の不明をいぶかしく思う反面、この機会をもっとも有効に活用する手だてを思いついたのである。

あの原稿が活字になれば、父の模倣であることは早晩暴露される。

新人賞を獲ったものの、次の原稿が一年近くの間、続けざまに没にされていた坂井だった。思いあまっての盗作、と誰しもが受け取ることは明らかである。

盗作の事実と、『七月七日午後七時の死』という題名の作品から、坂井の死に疑念のはいり込む余地はないはずだった。

坂井を殺害する日時を、七月七日午後七時と決めたのは、遠賀野律子の故智にならったと言える。

律子は自殺した正夫が書き綴っていた創作の奇妙な題名を眼に留め、その原稿を正夫の遺書代わりにしようとしていたのだ。

自殺した正夫の原稿が、再び遺書の役目を果たすとは奇妙な因果関係だが、有利に利用できるものを、ほうっておく手はないと思った。

坂井正夫の部屋の前に立ち、秋子は短くブザーを押した。六時ごろ訪ねることは、前もって約束してあった。

ドアチェーンがはずされ、内鍵の開く音がして、ドアから無精ひげの陰気くさい顔がのぞいた。

坂井は戸締りに異常なまでに気を使う男で、見知らぬ訪問者には決してドアチェーンをはずすことをしなかった。

「お仕事だったの?」

秋子は書斎にはいり、花模様の絨毯の上に坐った。

坐り机の上には、原稿用紙が乱雑に散らかっていた。

「うん。やりなおしだ」

坂井は座椅子に身を傾けながら、疲れたような口調でそう言った。

「やりなおしって？」

坂井の急な変心を、秋子はとっさには理解できなかった。

「編集部に渡したあの原稿は、あきらめることにした」

「あきらめるって……でも、惜しいと思うわ、せっかく――」

「とにかく、あの原稿はだめだ。活字にはできないよ」

「編集部でも、がっかりするんじゃないの？」

「電話で話しておいたが、びっくりしていたよ。今夜、そのことで会ってくれって言ってきた」

「今夜――」

「原稿を返してもらうことにしたよ」

「そう……」

額面どおりに受け取れる言葉ではなかった。

秋子は散らかった机の片隅になにげなく眼をやり、一瞬にして、すべてを理解することができた。

原稿用紙の下に半分ほどかくれた、『山岳』五月号の表紙が眼に留まったからだ。

坂井が偶然にもその雑誌を手にし、瀬川恒太郎の『明日に死ねたら』を読んだことは疑いようもなかった。

大学ノートの原作者である正夫がすでにこの世に生存しないと確認したからこそ、坂井はその創作を盗作して発表する気になったのだ。

だが、その創作は、すでに瀬川恒太郎によって活字にされていたのだ。

いかに鉄面皮な坂井でも、みすみす盗作者呼ばわりされることがわかっているそんな原稿を、そのまま発表する気にならなかったのは当然である。

秋子は立ち上がると、折りたたみ式の小さなテーブルを部屋の中央に据えた。

「これからだって、良い作品は書けるわよ。冷たいものでも飲んで、元気を出してよ」

「ちょうどよかった。咽喉が渇いていたとこだ」

秋子は途中で買ったサイダーのはいった紙袋をテーブルの上に置き、台所からグラスと栓抜きを持ってきた。

「どうだい、今夜うちで一緒に食事をしないかい。たまにはゆっくりしていけよ」

「ええ……」

坂井は薄い笑いを浮かべながら、秋子を見入った。例のねばりつくような陰湿な視線だった。

秋子は以前から、その眼の中にひそむみだらな色を読み取っていた。

坂井の魔手は、その目的を達成するまで執拗に繰り出されてくるはずだった。

父の秘密を、坂井が逆に利用して、秋子に迫りくることは容易に想像できるのだ。

秋子の殺意は、動かぬものとなった。

「今夜は私も飲もうかしら。ビールの買いおきはあるの？」

坂井はゆっくりと腰を上げ、冷蔵庫のある台所のほうへ姿を消した。

秋子はダスターでサイダーびんの口許を押さえて栓を開け、中味をグラスに注いだ。

グラスの表面を拭い終わると、ポケットから小さな紙包みを取り出し、すばやくその粉末をグラスの中に落とし込んだ。

紙片は小さく丸めて、傍のくずかごにほうり込んだ。

台所から坂井が戻ってきたとき、秋子はすでに正夫の大学ノートと『山岳』のバックナンバーを紙袋の中にしまい込んでいた。

腕時計を見た。

七時十分前だった。

坂井の死亡時刻は、原稿の題名に符合していなくてはならない。

坂井が書斎にもどってくると同時に、秋子は紙袋をかかえて立ち上がった。

「遅くならないうちに、夕食の買い物に行ってくるわ。サイダー開けておいたから、飲んでね。時間をおくと、おいしくないわよ」

秋子は玄関を出て、後ろ手でドアを閉じた。

その直後に、内鍵を閉める金属音がドアの背後に聞こえた。

すべては終わった。

部屋のすぐ左手から非常階段を降り、砂利道を歩みかけたとき、秋子は激しいめまいを感じた。

初版あとがき

昭和四十一年、私はN書籍という教科書会社を、雀の涙さながらの低賃金と不逞な上司どもへの反撥心から退職し、失業保険と配送会社での一日六百円のアルバイトとで、約半年間、気ままな生活を楽しんでいました。

当時のあの解放感は、今でもなつかしく思い出されます。

その失業時代に、私は推理小説の古本を買いあさり、むさぼるように読みふけったものです。

中でも、鮎川哲也氏とアガサ・クリスティーの作品からの感動は抜群で、爾来、二読、三読しても色あせぬ作品の魅力には、驚嘆いたしました。

私がはじめて創作の筆をにぎり、あやしげな一篇の推理小説をものにしたのも、実はそんな感動からでした。

そのころ、双葉社の「推理ストーリー」という雑誌に「双葉推理賞」が新設され、私は原稿の書き方さえわきまえていないような作品を、自信満々に応募したものでした。

昭和四十二年、同誌に掲載された拙稿「偽りの群像」は、そんな処女作を改稿したものですが、今読みかえしてみると、冷や汗の出る思いで、そんな作品にスペースをさき、活字にして下さった当時の編集長、松田英男氏の英断（?）には頭のさがる思いがします。

本書「新人賞殺人事件」は、私にとっては、はじめての長編で、昭和四十六年二月に脱稿したものです。

雑誌「推理」（現在の「小説推理」）編集部のご好意で、「模倣の殺意」と題して、昭和四十七年の「推理」九月号から十一、十二月合併号にかけて短期連載されたもので、このたびの刊行にあたり、表記のように改題いたしました。

未熟さと荒っぽさが、むき出しになった作品で（この作品のみに限ったことではありませんが）、連載当時も周囲から手きびしい批判を受けました。

このたび、思い切って手なおししようと取りかかったのですが、結局は、部分的な加筆訂正にとどまってしまいました。

いじくればいじくるほど、おかしなものになり、果ては作者自身が迷路をさまようような情けない事態に陥ってしまうのです。

刊行にあたっては、双葉社出版部の河本道雄氏と高畑勇氏のお二人に大変お世話をおかけしました。紙面をかりて、深く感謝いたします。

なお、雑誌連載当時から、拙稿を実に辛抱づよく精読され、適切な助言と激励の言葉を寄せて下さった、シカゴ市在住の森下智恵子氏に、厚くお礼を申しあげます。

また、勤務先である医学書院の多くの同僚にも、いろいろと懇切なご批判をいただき、お礼の言葉もありません。

最後に、会社の同僚であり、親友の須貝保之氏に心からの感謝の意を捧げます。創作上のことで、平素から私の心の支えとなってくれた須貝氏の友情なくしては、拙稿の執筆も刊行も考えられなかったと思います。

ありがとうございました。

昭和四十八年四月十一日

中町　信

創元推理文庫版あとがき

初版の「あとがき」と重複することになるが、本書は昭和四十六年二月に、私がはじめて書いた長編である。つまり、今から三十三年前――私の若くして、はつらつたる時代の作品である。

江戸川乱歩賞に応募するために、勤めのかたわら、こつこつと書きためていったものだが、浄書し終わった全部の原稿を読み返したとき、私は暗く沈んだ気分に陥った。それは、こんな目茶くちゃなトリックと、理解しにくいプロットの作品が、はたして推理小説として、まかり通るのか、という困惑と危惧からであった。

だがしかし、まさに天佑神助というやつで、「そして死が訪れる」と題したその原稿は、最終候補作の一編にノミネートされたのである。

私は有頂天になり、酒に酔って、「これからは、ミステリー一直線だ」と、妻に向かって壮語し、はしゃいだものだったが、妻はあまり乗ってはこなかった。

そんな妻は、昨年の六月に六十一歳の若さで、突然にあの世へ旅立ってしまったが、あのとき、妻の諫めを受け入れて、あくまでも余技作家として書き続けていたならば、私の生きざまも変わっていたろうし、また妻にも余計な気苦労をかけないで済んでいたかも知れない。しかし、すべては流れ去った過去のことだ。

それはさておき、その年の江戸川乱歩賞は、結局、該当作なしと決まり、私の原稿は、おえらい選者の先生たちから、案の定、こてんぱんに叩かれたのだが、選者の一人だった仁木悦子さんだけが、ちょっぴり好意的な感想を持たれたことに、仁木さんのファンだった私は、望外の喜びを味わった。

この原稿は、昭和四十八年に双葉社から『新人賞殺人事件』と改題して刊行されたが、編集部は最初から無関心だったし、また肝心な読者の反応も、かんばしくなかった。

しかし私は、名もない新人の処女長編であるし、またエンターテイメント性なるものを度外視した作品だったので、さもありなん、と開きなおっていた。

だから、雑誌等の書評で取り上げられることなど、ゆめ思っていなかったが、東京創元社の若き編集者、戸川安宣氏が拙著をミステリー専門誌にて好意的に紹介してくれた一文を眼にしたときは、驚きと嬉しさで体が震えたほどであった。

その戸川氏からお話があり、本書が文庫版で刊行される運びになったのも、これまた大きな驚きであり、この上なく光栄に思っている。

戸川氏の実に適切なアドバイスを受け、今回一部分、改稿の筆を取ったが、「第四部真相」という扉をはさんだのも、その一例である。エラリー・クイーン流の、いわゆる

「読者への挑戦」という代物で、少しおこがましいのだが、茶気を買っていただきたいものである。

だが、本格物に精通した聡明にして冷徹なる読者は、そんな「扉」のページに辿り着く以前に、真相を看破して、ほくそ笑《え》むに違いなく、いささか弱腰になっている。

最後に、戸川安宣氏に心から感謝したい——三十何年も前の拙稿を評価して下さり、今回の刊行にご尽力いただいた氏に。

二〇〇四年六月一日

中町　信

解説

濱中利信

お待たせしました！　遂に、中町信の作品が創元推理文庫に登場です！

と言っても氏の作品の登場を心待ちにしていたという読者はそれほど多くないと思います。ミステリの「オールタイム・ベスト」や「今年のベスト・テン」といった類に選出されることはまずありませんし、映画化はおろかTVドラマ化されたこともなく、正直、知名度はイマイチ……いやイマサンくらいかも知れません。しかし、既に本書をお読みになった読者の皆さんは、きっとビックリなさっているでしょう。そう、日本にはまだこんな傑作が、日の当たることなく残っていたのです。また、解説を読んでから作品を読もうとしている皆さん。あなたがこれから読もうとしているのが、第一級の上質なミステリであり、あなたが結末近くで必ず大きな驚きに打ちのめされることをここに保証します。

尚、これ以降、事件の真相とトリックについて言及していますので、必ず作品を読んでからこの先に進んで下さいますようお願い致します。

■作家・中町信の誕生

創元推理文庫初登場ということもあり、まず最初に作者・中町信氏についてご紹介しましょう。単純に年表的に書き連ねても面白くないので、中町氏が長年応援し続けている、プロ野球の読売巨人軍の歴史と重ねて紹介したいと思います。

中町信（本名は同じですが「あきら」と読みます）は、巨人軍が「東京ジャイアンツ」の名を得た一九三五年、群馬県沼田市に生まれました。初の天覧試合で長嶋が劇的なサヨナラ・ホームランを放った五九年、早稲田大学第一文学部独文科を卒業。同時に教科書会社に就職（同社には、やはり後にミステリ作家となる津村秀介氏がいたそうです）。球団創設三十周年を迎えた六五年、氏の言葉を借りれば「雀の涙さながらの低賃金と不逞な上司どもへの反撥心から（双葉社刊『新人賞殺人事件』のあとがきより）」同社を退職。浪人時代は「失業保険と配送会社での一日六百円のアルバイトとで（同）」気ままな生活を送りながら、アガサ・クリスティや鮎川哲也を中心に、ミステリの古本を買っては読み漁ったそうです。これらの名作に誘発されてかミステリの創作を開始し、六六年の第一回双葉推理賞に「闇の顔」という作品で応募、翌年の第二回の同賞への応募作「空白の近景」は最終選考まで残り、雑誌『推理ストーリー』に「偽りの群像」の題で掲載されています。

そして六九年、「急行しろやま」で遂に第四回の同賞を受賞。作家・中町信の真のスタートはここに切られたと言ってもよいでしょう。

その後、江戸川乱歩賞への長編ミステリの応募が開始されます。七一年の第十七回では「そして死が訪れる」が、翌年の第十八回では「空白の近景」（先に紹介した第二回双葉推理賞の最終候補作とは同名異作）がそれぞれ最終候補まで残りますが受賞には至りません。しかし「そして死が訪れる」は七三年、双葉社から『新人賞殺人事件』と改題の上単行本として刊行されました（実はこの『新人賞殺人事件』こそ本書『模倣の殺意』そのものなのですが、事情が複雑なので後で詳しく述べさせて戴きます）。作家としての才能が認められ、ミステリ作家・中町信のキャリアが本格的にスタートする時期が、川上哲治監督率いる巨人軍のＶ９期（六五―七三年）と見事に重なるのが単なる偶然とは思えないのは私だけでしょうか？

■『模倣の殺意』の誕生

本書『模倣の殺意』は、実はこの創元推理文庫版の他に、様々な形で世に送り出されています。発表の形態や出版社が異なるだけならさほど問題はないのですが、厄介なことに、発表の度に題名が変わっており、読者の混乱を招いている作品でもあります。ここで、その経緯を整理してみましょう。

前述の通り、第十七回の江戸川乱歩賞に投じられた中町氏の処女長編「そして死が訪れる」は受賞は逃したものの、その独特の構成から高い評価を得、雑誌『推理』(現在の『小説推理』)の七二年の九月号から十一・十二月合併号にかけて短期連載という形で初めて一般読者の前に姿を見せました。この時、中町氏は題名を本書と同じ「模倣の殺意」に変えています。その後、部分的な加筆修正を加えた上で、七三年、双葉社よりソフトカバーの単行本として刊行されています。その際、題名は再び変更され『新人賞殺人事件』となりました。この『新人賞殺人事件』は一部のミステリ・マニアの間では大変な評判を呼びましたが、残念ながら直ぐに品切れ・入手困難となり、題名のみ知られる「幻の名作」的な語られ方をしていました。実は私が中町氏の存在を知ったのも、丁度そんな時期でした。大学の先輩で、鮎川哲也氏編の短編集『無人踏切』(光文社文庫)に「鮎川哲也を読んだ男」という作品が採用されるほどのマニアであり、現在は小児科医として活躍されている三浦大氏にこの『新人賞殺人事件』を貸して貰ったのがきっかけでした。読後、驚嘆した私は何十軒もの古書店を探し回りましたが結局見つからず、他大学の方から譲って貰うまで一年近くかかったことを憶えています。

この作品が再び入手可能になるには、八七年、中町氏が敬愛する鮎川哲也氏の解説が添えられて『新人文学賞殺人事件』の題名で徳間文庫の一冊として復刻されるまで待たねばなりませんでした。その間、巨人軍の監督は、川上哲治氏から長嶋茂雄氏・藤田元司氏を経て、王貞治氏と替わっていました。

このように三度の変更がありましたが、ミステリ・マニアの間では『新人賞殺人事件』が最も馴染み深い題名と言えます。創元推理文庫版を出すにあたり、なぜ再び題名を『模倣の殺意』に戻したのか。それは、単なる題名の変更ではなく、過去に加えられた加筆・修正を再度見直し、この作品の「決定版」を出したいという、中町氏と編集者の決意の表れに他なりません。

■『模倣の殺意』の変遷

本書の最も大きなトリックは、同姓同名の坂井正夫という男が二人おり、中田秋子と津久見伸助がその死の真相を追っていたのがそれぞれ別の「坂井正夫」で、しかも、同時進行しているように見えた捜査も、実は一年間のズレがあったという、いわゆる叙述トリックです。この大胆な構成に、読後「やられたっ！」と、悔しさと快感を同時に味わった読者がほとんどかと思います。

しかしもしかすると、読んでいる途中でこのトリックに気付かれた読者もいらっしゃるかも知れません。また、途中で気付かなかったものの、さほどの新鮮さを感じなかったというマニアもいらっしゃるかと思います。そういう方の多くは、本書に類したトリックを用いた作品（ネタバレになってしまいますので作品名を挙げるのは控えます）を既に幾つかお読みになっているのではないでしょうか。しかし、その作品の発行年を今一度確認してみて下さい。恐らく、国内作品に関しては、本書が最初に発表された七二年より前の作品は無いと思います。そう、本書はこのパターンの叙述トリックを用いた初の国内ミステリであり、以降の同系列トリックを用いた作品に与えた影響の大きさを考えれば、もっと広く読まれ、もっと高く評価されるべき作品なのです。

さて、この大胆な叙述トリックは、七三年に発行された双葉社版『新人賞殺人事件』及び八七年の徳間文庫版『新人文学賞殺人事件』、そして本書と、版を変える度にその提示のされ方が変えられて来ました。その変遷をご紹介しましょう。

一）プロローグ

双葉社版のプロローグは次のようになっていました。

午後七時。
坂井正夫は死んだ。
青酸カリによる中毒死である。
自室のドアの鍵は内側から施錠されていた。
室内に遺書らしいものはなにも発見されなかった。

その死を、坂井正夫という男が知ったのは、後日の新聞記事からだった。
一面識もないこの坂井正夫の死亡記事を見て、同姓同名の坂井正夫の顔は複雑なものに変わって行った。

最初の五行は本書（八頁参照）とほとんど同じですが、なんとその後で「坂井正夫」という同姓同名の男が二人いることを提示してしまっています。それでは当時、このトリックはすぐにバレてしまったかというと、そうではありませんでした。読者は、中田秋子と津久見伸助の二人が死の謎を追っている人物は同じ「坂井正夫」だと思ったまま読み進めているため、「二人目の坂井正夫の役割は何なのだろう？」と思うにとどまってしまいました。ですから、真相が明らかにされた時、実はプロローグで真相が提示されていたのだという事実を再確認し、「あぁ、そういう意味だったんだ！」と更に強烈な驚きに見舞われたものでした。

しかし、前述の通り、その後類似の叙述トリックを用いた作品が多く発表されたことから、徳間文庫版では、本書と同じプロローグに変更されたものと思われます。

二）曜日

双葉社版では、中田秋子と津久見伸助の捜査過程は日記の記述という形態をとっており、

各章の月日の後に曜日まで記されていました。それは、目次にも適用され、

第一章　中田秋子　　七月十日　　月曜日

第二章　津久見伸助　七月十一日　水曜日

という具合に、表記されていました。中町氏は、たいがいの読者は目次など無視するか、サッと目を通すだけで本文を読み始めるだろうと計算したのでしょう。もし、目次をキチンと読まれてしまったら、トリックの構成そのものが物語が始まる前に露見してしまいますので、実に大胆としか言いようがありません。プロローグ同様、読後「手掛かりは最初に提示されていた」ことを知った読者が更に驚嘆・悶絶するポイントとなっていました。

徳間文庫版では目次の曜日が省略され、本書では目次と各章の日付の両方から曜日は外されています。この変更も、プロローグと同じ理由からと推察されます。

三）真相解明

繰り返しになりますが、前述の徳間文庫版で行われた二つの改訂は、既に類似のトリックを用いた作品が数多く発表されていることに配慮したものと思われます。しかし残念なことに、本作の叙述トリックの素晴らしさ、つまり、真相解明時に読者に与える驚愕度の大きさを増大させるまでには至っていませんでした。と言うのは、折角プロローグを直したにもかかわらず、物語のほぼ中間部（本書では一三八頁と一三九頁の間）で、中田秋子

宛に坂井正夫を名乗る男から電話が掛かってくるシーンがそのまま残されている他、坂井正夫が二人いることを隠すのが不十分な個所が幾つか見られ、今の読者なら比較的早い段階で真相が分かってしまう中途半端な改訂であり、私を含めた中町ファンは、大いに不満を感じていました。

この創元推理文庫版では、そういった個所も修正された上、更に、真相解明の直前に、エラリー・クイーンお得意の「読者への挑戦」ばりのインターバル（本書二二七頁）を入れる等、この叙述トリックの効果を最大限に活かすような改訂が施されています。従って、前の項で述べた通り、この創元推理文庫版『模倣の殺意』こそが『新人賞殺人事件』の「決定版」であるのです。

これらの改訂は、一見すると読者から真相を推理する手掛かりを奪うものと解釈されてしまうかも知れません。確かに、あまりにも明確過ぎる手掛かりは削除されていますが、反面、物語の緊張度は高まり、読み物としてのクオリティーは大幅にアップしていると思います。また、手掛かりに関しては、改訂を加えた後でさえ、様々な形で残っており、読者の前に提示されています。

その一つが、二人の「坂井正夫」の描写の違いです。登場人物の視点によって人物描写が異なるのは当たり前ですが、先に死んだ坂井（便宜上、こちらを「坂井A」とします）に対する中田秋子の印象が「柔和で、清潔な感じ（二八頁）」で「さっぱりと乾いていて、粘着性のない（二九頁）」と好感の持てそうな人物なのに対し、もう一方の坂井（以降こちらを「坂井B」とします）に対する津久見伸助や関係者の印象は、「どこかねちねちしていて、それに変に腰の低いところなんかあって（五九頁）」とか「陰気に人を恨みつづけるようなところがありました（一一三頁）」と極端に悪くなっています。

これ以外にも手掛かりはまだまだあります。残りは是非、再読の上で皆さんが見つけ出して下さい。

■他の中町作品について

本作以降、中町氏は数多くの長編ミステリを発表しました。基本的には、物語の最後になって犯人が解明される、いわゆる本格ミステリの形態をとっているものがほとんどですが、本作のような叙述トリックなど、物語の構成自体に仕掛けを施すという工夫が（程度の差はあるものの）全ての作品に付加されています。特に八〇年に発表された『高校野球殺人事件』は、本書に匹敵する大胆な仕掛けが施されており、是非とも復刊して欲しい傑作と言えます。

初期には決まったキャラクターを用いていませんでしたが、後に、あまり売れていない推理作家・氏家周一郎とその妻・早苗を探偵役に据えたトラベル・ミステリ・シリーズや、とある企業の人事課長代理・深水文明が探偵役の企業内事件もの、探偵事務所の女好きな調査員・多門耕作の私立探偵もの、医学書の翻訳家である夫と時代小説作家の妻というコンビの和南城健・千絵夫妻の連続殺人もの、そして浅草で鮨屋を営む山内鬼一とその老母タツが事件解決に乗り出す下町ものと合計五つのシリーズ・キャラクターを展開しました。

このキャラクター探偵たちの共通点は、大の酒好きだということで、作中幾度となく美味そうにビールなどを飲むシーンが登場します。作者の中町氏自身も無類の辛党と聞いていますので、氏家周一郎などは、自身をモデルにしたとしか思えません。尚、最後に紹介した鮨屋探偵・山内鬼一は、本書にも登場しています。後の作品で、鬼一は一度結婚していましたが、姑との仲がこじれて離婚を余儀なくされたことが判明しますので、本書の「細面の整った顔にはどこか孤独なものを感じさせた（一九二頁）」という記述も、その痛手から立ち直っていない時期だからなのでは……などと勝手に想像してしまいます。本書から鬼一が主人公となる作品まで二十年以上経過していますので、これは私の勝手なこじつけに過ぎないのですが、こんな発見ができるのも中町作品を読む楽しみの一つです。

また、探偵たちのもう一つの共通点として、全員が庶民的な生活臭さを持っていることがあげられます。中町氏が創りだした探偵の中には、ビジネスで大成功を収めた人や、何かで頂点を極めたような人は一人もいません。従って、捜査を進めるにしても、交通費の心配をし、旅先では高級な名物料理を我慢し、少しでも経費を抑えようとします。本書に登場する中田秋子などは、その典型と言えます。旅館で一番安い部屋を頼むのはともかくとしても、出張にかこつけて捜査旅行を行い旅費をうかせたり、長距離電話の料金を気にしたりと、恋人の死の真相を探るにしては、いささか現実的に過ぎる気もしないではありませんが、こういった細かな記述に、中町氏の良い意味での「視線の低さ」が感じられるのも事実で、実際、これこそが中町氏が長い間多くの読者に支持されてきた理由の一つなのかも知れません。

二〇〇〇年に発表された長編『錯誤のブレーキ』を最後に、長らく中町氏の新作にはお目にかかれていません。この創元推理文庫版での復刊を機に、新たな作品が読めるようになることを願ってやみません。

■中町信・長編リスト

◎発表年順（年はすべて西暦）

◎徳間書店のノベルズは全て「トクマ・ノベルズ」に統一

◎登場するシリーズ・キャラクターを次の通り表記

氏家：氏家周一郎　　深水：深水文明

多門：多門耕作　　和南城：和南城健

山内：山内鬼一

そして死が訪れる（一九七一　第十七回江戸川乱歩賞応募）
　模倣の殺意（七二　雑誌『推理』連載）
　新人賞殺人事件（七三　双葉社）
　新人文学賞殺人事件（八七　徳間文庫）
　模倣の殺意（二〇〇四　本書）
空白の近景（一九七二　第十八回江戸川乱歩賞応募）
　殺された女（七四　弘済出版社）
　「心の旅路」連続殺人事件（八七　徳間文庫）
殺戮の証明（七八　日本文華社）
　女性編集者殺人事件（八七　ケイブンシャノベルス）
　女性編集者殺人事件（八九　ケイブンシャ文庫）
教習所殺人事件（八〇　第二十五回江戸川乱歩賞応募）
　自動車教習所殺人事件（八〇　トクマ・ノベルズ）
　自動車教習所殺人事件（八八　徳間文庫）
高校野球殺人事件（八〇　トクマ・ノベルズ）
　高校野球殺人事件（八九　徳間文庫）
散歩する死者（八二　トクマ・ノベルズ）

散歩する死者（八九　徳間文庫）
田沢湖殺人事件（八三　講談社ノベルス）
田沢湖殺人事件（九〇　徳間文庫）
奥只見温泉郷殺人事件（八五　トクマ・ノベルズ）
奥只見温泉郷殺人事件（九一　徳間文庫）
十和田湖殺人事件（八六　トクマ・ノベルズ）
十和田湖殺人事件（九二　徳間文庫）
榛名湖殺人事件（八七　トクマ・ノベルズ）
榛名湖殺人事件（九三　徳間文庫）
殺人病棟の女（八八　青樹社ビッグブックス）
悪魔のような女（九〇　ケイブンシャ文庫）
佐渡金山殺人事件（八八　ケイブンシャノベルス）氏家
佐渡金山殺人事件（九〇　ケイブンシャ文庫）
佐渡ヶ島殺人旅情（九八　青樹社ビッグブックス）
阿寒湖殺人事件（八九　トクマ・ノベルズ）氏家
阿寒湖殺人事件（九四　徳間文庫）
四国周遊殺人連鎖（八九　立風ノベルス）氏家

四国周遊殺人連鎖（九一　ケイブンシャ文庫）
山陰路ツアー殺人事件（八九　ケイブンシャノベルス）氏家
山陰路ツアー殺人事件（九二　ケイブンシャ文庫）
下北の殺人者（八九　講談社ノベルス）
下北の殺人者（九四　講談社文庫）
南紀周遊殺人旅行（九〇　トクマ・ノベルズ）氏家
草津・冬景色の女客（九〇　ケイブンシャノベルス）氏家
草津・冬景色の女客（九三　ケイブンシャ文庫）
天童駒殺人事件（九〇　大陸ノベルス）氏家
天童駒殺人事件（九三　徳間文庫）
不倫の代償（九〇　ケイブンシャノベルス）氏家
夏油温泉殺人事件（九五　ケイブンシャ文庫）
飛驒路殺人事件（九一　トクマ・ノベルズ）
津和野の殺人者（九一　講談社ノベルス）
津和野の殺人者（九六　講談社文庫）
新特急「草津」の女（九一　ケイブンシャノベルス）氏家
萩・津和野殺人事件（九五　ケイブンシャ文庫）

小豆島殺人事件（九一　トクマ・ノベルズ）
社内殺人（九一　徳間文庫）深水
推理作家殺人事件（九一　立風ノベルス）
能登路殺人行（九二　ケイブンシャノベルス）多門
湯煙りの密室（九二　講談社ノベルス）
　湯煙りの密室（九五　講談社文庫）
奥信濃殺人事件（九二　双葉ノベルズ）氏家
湯野上温泉殺人事件（九二　トクマ・ノベルズ）深水
越後路殺人行（九三　ケイブンシャノベルス）多門
秘書室の殺人（九三　徳間文庫）深水
人事課長殺し（九三　トクマ・ノベルズ）深水
奥利根殺人行（九四　ケイブンシャノベルス）多門
目撃者・死角と錯覚の谷間（九四　講談社ノベルス）和南城
　目撃者・死角と錯覚の谷間（九七　講談社文庫）
老神温泉殺人事件（九四　トクマ・ノベルズ）氏家
密室の訪問者（九四　トクマ・ノベルズ）
信州・小諸殺人行（九五　ケイブンシャノベルス）

浅草殺人案内（九五　徳間文庫）山内
五浦海岸殺人事件（九五　トクマ・ノベルズ）
十四年目の復讐（九七　講談社ノベルス）山内・和南城
浅草殺人風景（九八　徳間文庫）山内
死者の贈物（九九　講談社ノベルス）和南城
錯誤のブレーキ（二〇〇〇　講談社ノベルス）和南城
天啓の殺意（〇五　創元推理文庫　〔『散歩する死者』改稿・改題〕）

検印
廃止

著者紹介　1935年1月6日，群馬県生まれ。早稲田大学文学部卒。出版社勤務のかたわら，67年から雑誌に作品を発表。第17回江戸川乱歩賞の最終候補に残ったのが，初長編の本書であった。以降，叙述トリックを得意とし，現在に至っている。

模倣の殺意

2004年8月13日　初版
2005年4月22日　10版

著　者　中《なか》町《まち》　信《しん》

発行所　㈱　東京創元社
代表者　長谷川晋一

162-0814/東京都新宿区新小川町1-5
電　話　03・3268・8231-営業部
　　　　03・3268・8203-編集部
URL　http://www.tsogen.co.jp
振　替　00160-9-1565
工友会印刷・本間製本

乱丁・落丁本は，ご面倒ですが小社までご送付ください。送料小社負担にてお取替えいたします。

ISBN4-488-44901-8　C0193

鮎川哲也短編傑作選 II

BEST SHORT STORIES OF TETSUYA AYUKAWA vol.2

下り〝はつかり〟

鮎川哲也　**北村薫 編**

創元推理文庫

◆

疾風に勁草を知り、厳霜に貞木を識るという。
王道を求めず孤高の砦を築きゆく名匠には、
雪中松柏の趣が似つかわしい。奇を衒わず俗に流れず、
あるいは洒脱に軽みを湛え、あるいは神韻を帯びた
枯淡の境に、読み手の愉悦は広がる。
純真無垢なるものへの哀歌「地虫」を劈頭に、
余りにも有名な朗読犯人当てのテキスト「達也が嗤う」、
フーダニットの逸品「誰の屍体か」など、
多彩な着想と巧みな語りで魅する十一編を収録。

◆

収録作品＝地虫，赤い密室，碑文谷事件，達也が嗤う，
絵のない絵本，誰の屍体か，他殺にしてくれ，金魚の
寝言，暗い河，下り〝はつかり〟，死が二人を別つまで